庫JA

〉

いま集合的無意識を、

神林長平

早川書房

6990

目次

いま集合的無意識を、

ぼくの、マシン

なにを考えているのだか、と吐き捨てるように言っている女の声が聞こえる。それが自分に向けられたものだということは零《れい》にはわかっている。でも、無視する。あれが自分の母親なのだ、と無理やり自分に言い聞かせていたときもあったが、もはやそんなことは考えない。あれは、女だ。小うるさい、女。

「宿題はすんだの」と、その女が言う。「やっていかなくてはならないことは、やりなさいね、零。まったく、点数は名前のとおりでなくていいのよ、わかってるでしょうけど。零点でも平然としていられるあなたの気持ちがお母さんにはぜんぜんわからない」

こちらもだ、と零は心でつぶやく、わからないことだらけだ、あなたはいつも理屈に合わないことを言う、だから返事のしようがない。それがどうしてあなたには、わからないのだろう。

零点でも平然としていたことなど、かつてなかった。零点をとったことなどないのだ。一度だけ、社会科のテストでゼロと大書きされた答案用紙が戻ってきたことがあったが、二つ三つは合っていたのをその教師が採点が面倒になってろくに見ずに零点にしたのだ。点数には関心がなかったので抗議もしなかったのだが、この女にとっては平然とはしていられないこと、というか、こちらは平然としていてはいけないこと、だったらしい。

二、三十点はとれているというのに、それをゼロにされてしまうというのは初めてのことではあったが、自分がやったことや存在を無視されるというのはめずらしくもなくて、そのように扱われることに零は慣れていた。また周囲のほうも、そうした扱いを嫌がらせだとかいじめだとかいうようには零は受け取らないので、そのつもりで零に近づいてきた人間もいずれ零の相手をすることに関心をなくしてしまう。いじめがいがないのだ。

まるで、それこそ数字のゼロのようではないか、と零は思う。自分の名前そのものだ。

その〈女〉というのは、あなたの実の母親なのか、それとも養母か、いつ頃の話なのか。軍医のエディス・フォス大尉が訊く。

深井《ふかい》大尉は、「覚えてない」と答える。

「それはないでしょう」

エディスは、診察用のメモを取る手を休めて、苛立った声を上げる。

「わたしをからかってるのかしら、深井大尉」

受診用のソファにゆったりと腰を下ろしてエディスの質問に答えている深井大尉は、エディスの感情の変化には無頓着《むとんちゃく》に、続けた。

「育ての親はプロだったよ。里親制度というのがあって、幼いころ、おれは何人かのそうした親元で育ったんだ」

「ああ、なるほど」とエディスはうなずいて、「いまのエピソードに出てくる〈女〉とは、その里親の一人で、そのうちのだれだったかは正確には思い出せない、ということなのね」

「ああ」

深井零は肯定する。いちおうは、そうだ、と。そのあいまいな返事の意図するところを、零の精神面での主治医であるエディスは気づいている。

深井大尉は、〈自分が『覚えていない』と言った意味はそうではないのだが、あなたの解釈でも間違いではない、それでもかまわない〉と、そう言っているのだ。それがエディスにはわかる。

エディスは、自分で勝手に零の話を解釈してしまったことを反省する。これでは、相手の心を読み取る作業にはならない。自分としたことが、とエディスは、憂鬱な気分になる。自分はいったいなにをやっているのだろう？

して、エディス・フォス大尉の任務は、部隊員たちのメンタルケアを担当する部隊専任軍医と深井大尉が戦闘に復帰できる精神状態かどうか判定する、というものだった。深井零はおよそ三ヵ月前に、撃墜された愛機からかろうじて脱出に成功したが意識不明の重体で発見され、最近ようやく意識を回復、現在体力気力を含めたリハビリ中だ。

エディスにとってこれは特殊戦という部隊に異動してすぐの、初めての仕事だった。特殊戦の指揮官、クーリィ准将からの命令だ。

とてもまっとうな命令だったが、いざ任務に就《つ》いてみると、これが一筋縄ではいかないことにエディスはまもなく気づいた。そしてクーリィ准将がどうしてそうした命令を出したのかも、すこしずつ、わかってきた。

深井大尉の症例は、ふつうの戦闘後遺症とは違っていた。ジャムによって与えられた精神的外傷ではないのだ。問題は、深井零と愛機雪風《ゆきかぜ》の関係にある。

その関係が良好であるかぎりは深井大尉は優秀なパイロットだが、現在のその両者の関係は以前とは違う。そうクーリィ准将はエディスに説明した——大尉は病《や》み上がりだし、いまの雪風はFAFで一機のみしか作られていない高性能機、メイヴだ。無人運用も可能だが、それが危険であることは、経験済みだ。雪風を完璧に御すことができるのは深井大尉をおいていない、とはブッカー少佐の意見であり、自分もそれは正しいと判断する。ただし、深井大尉がまともならばだ。もし大尉がトラウマを引きずったまま実戦に復帰するとなると、大尉と雪風のペアは最高性能を発揮できないどころか、ＦＡＦにとって危険な存在にさえなりうるだろう。それでも、彼らをいつまでも遊ばしておくわけにはいかない。ここは病院ではない、戦場だ。深井大尉が戦闘に復帰できるか否かの正確な判定が必要なのだ。判定を誤ると重大な結果を招くことになるとクーリィ准将は言った。

なるほど重大な任務だということは、わかる。でも、さほど特殊な仕事というわけではないと、当初エディスは高《たか》をくっていた。精神的な傷を抱いている人物が社会に対して与える影響を調べること、よりあからさまに言うならば彼らがどの程度危険なのかを判定すること、そのような仕事自体は、ＦＡＦだろうと地球の一般的な社会であろうと、同じだ。と。

だがエディスは、正体不明の異星体との戦闘の現場、ようするに戦場が、これほど身近に感じられる仕事をするのも初めてなら、この厳しい環境中でも特殊な任務を負っているブーメラン戦士とあだ名されている特殊戦の部隊員たちに接するのも、初めてだった。戦場という環境の特殊性や、特殊戦の戦士たちの任務というものにエディスはそれまでまったく無知だった。フェアリイ基地に来てから一年近くになるが、特殊戦に異動になるまではずっとＦＡＦシステム軍団にいた。エディス・フォス大尉は基地から外へ出たことはなく、またシステム軍団が直接戦闘に参加することはまずなかったので、エディスにとっては最前線は遠く、ここが戦場だという意識は薄かった。むろんジャムを見たこともなく、ジャムと戦って傷ついた戦士に会ったこともなかった。

ブーメラン戦士らはまるで機械だ——エディスは、特殊戦の人間に関するそのような噂は聞いていたが、実際に特殊戦に来るまでは、そういうことを言う人間たちの気持ちがわからなかった。エディスは他人事ではなくなって初めて、他の部隊の人間たちのブーメラン戦士たちに対する感覚や気持ち、おもに苛立ちの感情が、納得できた。同じ人間だというのに、コミュニケーションがうまくとれない。特殊戦の人間は人間を仲間だとは思っていない、と感じさせる。向かい合って話しているというのに、こちらは無視されているように感じるのだ。

いまも、この深井大尉は、答えることを放棄したり面倒がってはいないし、質問には正確に答えてはいる。しかし質問されること以上の、その質問の背景を汲《く》み取って柔軟に対応する、ということがないので、エディスはつい苛立ってしまう。零という人間は、話し相手の心を推《お》し量《はか》る能力がないわけではない。会話の相手のその気持ちや意図を汲み取ることができない、というのではないのだ。にもかかわらず、質問に対する返答はほとんどイエスかノーで、積極的に相手との関係を築こうとはしない。それが、話しているエディスを苛立たせる。

これは零という人間が機械に近いというよりも、零のほうが、こちらを機械としか見ていないことを示している。そうエディスは思い始めている。この深井零という人間の態度は、まるでこちらには人格がない、という感じだ。こんな人間に会うのは、エディスには初めての体験だった。

それでもエディスは、深井零に、幼いころのことを話させることに成功している。話さないかぎり、この診察室でもあるフォス大尉のオフィスにいつまでも通わなくてはならないということに零は気づいたようだ。

だが、ただでさえ無口な相手なのに、こちらが苛立ってしまっては、まさに話にならない。エディスは気を取り直す。

「でも、もしかしたら複数の里親ではなく、実の母親のことかもしれない、そういうことかしら」とエディスは、自分の落ち度を修正すべく、訊いた。「覚えていない、というのは、どちらでもかまわない、というように受け取れるけれど、どうなの」

「そうだと思う」と零はうなずいた。「物心ついたころには、実の母親はもうおれを棄《す》てていて、一緒に暮らしたことはなかった——そう信じて育ったんだが、実は、違う。実の母親と暮らしていたこともある。でも、記憶の中に出てくる母親たちの、もっとも古いのが実の親かというと、どうも違うんだ。記憶のなかのどれが、実の母親なのか、よくわからない。短い時には三ヵ月ほどで、何軒もの里親の家をたらい回しにされて、おれは育ったんだ。思い出に出てくるのが実の母親なのかどうか、本当によく覚えていないんだ。おれは、あなたをからかったりはしていない」

「ごめんなさい」

エディスは零に率直に謝った。自分が感情的になってしまったことを反省する意識から、素直にでた言葉だった。話を続けるためには謝ってしまうのが手っ取り早いのだ、という思いは、そのあとで意識した。

「それで、当時のあなたにとって安らげるのはコンピュータ空間だけだった、というわけなのね」

「どの里親の家にもコンピュータはあった。どんなに生活空間が変化しようとも、コンピュータ空間にアクセスすれば、自分にはなじみの世界が広がっていた。本当に小さいころには、自分のコンピュータを持っていた。でも、ある時点以降の自分には、専用のコンピュータというのは与えられなかった。それがほしい、といつも思っていた。おれは、これだけは自分のものだ、という確実な存在がほしかったんだ。友だちでもペットでも、なんでもよかったんだと思うが、生き物とは、話がうまく合わなかった。どうしてなのかわからないが、おれは、嫌われるんだ。全世界がおれを嫌っていた。ひねくれて言っているんじゃない、そう感じたし、それがどうした、とも思っていた」

昔も今も変わらないわけだ、とエディスは思う、あなたは嫌われるというよりも苛立たせるのだ、相手を。それは、あなたが相手を人間ではなく機械のように思っているからなのだ、たぶん。

「結局、おれが話しかけても怒らずにねばり強く相手をしてくれるのはコンピュータだけだった、ということなんだ」

コンピュータという機械は機械扱いされて当然で、機械はそういう扱いをされても怒らないから、あなたの相手をしてくれるのがそれだけだというのはごく自然なことだろう、とエディスは思う、もし機械に感情があったとしてもだ。だがエディスはそうした判断はおいといて、まず零の話を聞くことに専念する。この話は、たぶん深井零と愛機雪風との関係を考察するのに重要な鍵になるかもしれないから。

「で、自分専用のコンピュータを手に入れることはできたの？」

「見方によっては手に入ったとも言えるし、だめだった、とも言える。いろいろ子供ながらに画策はしたんだ。涙ぐましい努力だ。思い出せるくらいだからな」

続けて、とエディスはうながす。

なぜ宿題をやってこないのか、と教師がとがめる。コンピュータが使えなかったからだ、と幼い零は答える。

宿題はネットワークを使って出される。受け取るには家のコンピュータでの受信操作が必要だ。情報端末機としてのコンピュータは、税金を納めている家ならば最低一台は必ずある。情報を得るのは権利だからだ。それは幼い零にもわかる。だが、コンピュータとは計算機であり通信中継機でもあり、そうした面で利用されるそういう機械の設置が義務であるということは、もうすこし経《た》ってからでないと、わからない。零が幼いころから、コンピュータとは、それを保有する家の人間がまったく利用しなくても、そんなこととは関係なく、税金を払うが如く、家になくては違法な物体だったのだ、日本では。

「零、どうしてコンピュータが使えないのだ。嘘を言うと承知しないよ」

「ログインコードを忘れました。兄さんがぼくのログインコードで勝手にコンピュータを使って、ぼくが怒られました。だから、そうされたくないと思って、したのです」

「なに？　どういうことだい」

「兄さんは、母さんや父さんに怒られる使い方をするとき、ぼくになりすまして、ぼくのログインコードを使うのです。叱られるのはいつもぼくなので、ぼくのログインコードを変えました」

「なるほど。で、自分で決めたコードを、なぜ忘れてしまうのかな」

「簡単なのはすぐに当てられるので、ランダムにコードを生成するソフトを使いました。それは覚えていられないほど長いので書き付けておいたのですが、その紙を、なくしました。もう一度コードを変えようにも、もとのそれがないので、できません」

「マスターコードを使えばいい」

「うちのコンピュータのマスターは、父さんです。マスターコードを知っているのは、父さんだけです。きのうは出張で、いませんでした。きょうも、いません。ずっといなければ、ずっと宿題はできないです」

「嬉しそうだな、零」

「いいえ、先生。ぼくは宿題がしたいです。それには、自分のコンピュータがあればいいと思います。ぼくだけのコンピュータがあれば、絶対に宿題を忘れたりはしません。父さんに先生からそう言ってもらえると、ぼくは自分のコンピュータを買ってもらえるかもしれません」


エディスは思わず吹き出してしまう。

「なんてかわいいの」

「かわいい？」

「あなたはそうは思わないの、深井大尉？」

「子供のころの自分は、馬鹿だったと思う」

「わたしは、そうは思わないわ、大尉。あなたは、当時のほうがずっと積極的だったわけだ。ほしいものを手に入れるために、一生懸命だった。とても人間的で、かわいいじゃないの」

「当時の母親が実の親か里親かも覚えていないというのに、それを人間的だ、というのか」

「たぶん、実の母親だったとしても、あなたは彼女に対して、息子のことはなにもわかっていない、わかろうともしない馬鹿な〈女〉だ、と感じたと思う」

「どうしてわかる」

「反抗期なのよ。だれにでもある、そういう時期なのよ。あなたはしごくまっとうな思春期をすごしたのだ、と言える。あなたは、あなた自身が感じているほど、特殊な人間では決してない。『全世界がおれを嫌っていた』だなんて、かっこよすぎる幻想だ、と言ったらあなたは怒るかしら？」

「怒るべきなのか？」

「ああ、そういうところ、あなたのそこが、わからない」とエディスは首を傾げる。「どうしてまともにわたしの相手をしないのか、それをわたしは知りたい。わたしに対するポーズなの？　いずれにしても、あなたはコンピュータが相手なら、うまくやるのでしょうね。幼いあなたは、コンピュータに向かって、自分がどういう態度をとったらいいかわからない、なんてことはなかったでしょう？」

「それで遊ぶのは楽しかったからな。自分がコンピュータに対してどういう態度をとっていたかなんて、意識したこともない」

「どんな遊びかしら。そもそもあなたの言っているコンピュータというのは、ようするにいまの地球の標準的な世帯、つまりどの家庭にもある、インテリジェントターミナルボックスのことなのかな。それとも、そういうハードウェアではなく、ログインコードを打ち込んで起動する、あなた専用のアクセス空間のこと？」

「両方だ。ハードとソフトの両方そろって、コンピュータだ」

「自分専用のそうした情報端末機が与えられればたしかに便利でしょうね。でも、自分だけのコンピュータを持つ喜びというのは、わたしにはよく理解できないのだけれど。あなたにとってコンピュータとは、友だちとかペットのようなもの、とあなたは言ったけれど、それが、わたしにはよくわからない」

「それは、きみが、パーソナルなものであるコンピュータを、そういうものがあった時代を、知らないからだろう」

「馬鹿にしないで。わたしはあなたが思っているほど小娘ではない。たいした年の差はないわよ。パーソナルなオペレーションシステムが使用されていた時代のことは、知っている」

「自分でシステムを入れ替えたりしたことは？」

「それは、あまり覚えがないわね、たしかに」

「いつのまにか、ネットワーク上から起動《ブート》されるのが普通になっていた。それは便利なことだったけれど、自由がきかなくなってきた、ということでもあったんだ」

「どういう点で不自由になったと感じたの？」

「ネットワークに接続しなくてはコンピュータはコンピュータとして機能しなくなってきた、という点だ。おれにとってのコンピュータというのは、パーソナルなもの、おれだけのものであるべきだった。ネットワークから切り離したいのに、そうすると、コンピュータはコンピュータでなくなってしまうんだ。最高性能が発揮できない。おおいなる矛盾だと思わないか」

「ネットブート機能を持たないころのコンピュータはあなたにとってパーソナルな友だち関係でいられたというのに、それがやがてできなくなった、それであなたはますます孤独になった、ということなのかしら」

「そう。裏切られた、と思った」

「幼いころすでにあなたは、そういう体験をしていた、ということなのか」エディスはノートをとっていた手を止め、顔を零に向けて、言った。「コンピュータに裏切られた、という経験を――」

「違う」

深井零はフォス大尉を真っ直《す》ぐに見返して、冷静に否定する。

「裏切ったのはコンピュータじゃない。世界のほうだったんだ。〈世界〉なんていうのはカッコつけた言い方か。おれにとっては、でも、そうだったんだ。いまなら、人間ども、と言い換えてもいい。結局のところ、くそったれな民主全体主義国家、日本という国と国民のセット、日本というシステムに、おれは爪弾きにされたんだ」

具体的に、どういうことがあったのか、そのへんをもうすこし詳しく聞かせてほしい、とエディスは再び零をうながす。

父親が出張で不在なのでコンピュータが使えず、宿題ができない、などというのは嘘だった。その嘘は二日間通用したが、三日目には、発覚した。教師がコンピュータ通信で零の親に確認をとったからだ。

四日目に、教師が家庭訪問した。浅知恵だった、とは零は思わなかった。宿題から逃れるためではなく、自分専用のマシンがほしい、というのが目的だったから、宿題したくなさになんという姑息なことを考える子供だ、そんなことでどうする、というような嵐のような言葉を浴びせられても、零は平然としていた。それがまた大人たちを怒らせたが、零は動じなかった。この家には、遊べるマシン、コンピュータは、一台しかない。一台しかないから満足には使えない。それは事実で、決して自分は偽ってはいない、悪いことはしていないと思って、言い訳もせず、おし黙っていた。

「なんてなさけない子だこと」

と嘆く〈女〉を教師は押しとどめて、どうしてなんだ、と零に訊いた。

「どうしてこんな嘘をついたんだ、零。すぐにわかることなのに」

「自分だけのコンピュータがほしいから」

「自分だけのって、で、それで、きみはいったいなにがしたいんだ？」

「ぼくは」と零は答えた。「ただ、だれにも邪魔をされたくないだけだ」

「フム」

と考え込む教師に、考えさせまいとするかのように、母親が言った。

「教育上、一台しかおいていないのです、先生」

それはどうかな、と零は思う。教育上とかなんとかいって、ようするにケチなだけじゃないか。そう思い、でも以前には、もっとひどい家もあったな、と思い出している。その家には六、七人くらいの、互いに他人関係の子供らがいて、最小限の食事しか与えられず、みんな飢《う》えていた。里親は吝嗇《けち》だった。もっとも零は、そこはすぐに追い出された。他の子らと一緒に。その里親夫婦が詐欺罪で捕まったためだ。零は子供ながら、自分の身の上には公的な補助金が出ていることを知っていて、その金をあの里親が搾取していたのだ、捕まったのはそのせいだと信じて疑わなかったが、事実はもっと悲劇的かつ喜劇的なものだった。つまりその夫婦は善意から行き場のない子供たちの里親になっていたのだが、自らの収入や補助金ではやっていけなくなって、他人の金に手を出してしまったのだった。

あの家にくらべれば、と零は思った、この〈女〉は言い訳がうまい、教育上、とはな。

「ただでさえこの子は人と話ができない。専用の情報端末機を与えたら、一言もしゃべらないでしょう」

それはそのとおりだ、と零は心でうなずいている。人と話をするなんて、面倒くさい。自分でもっと幼いころから、そうだった。あのころはよかった、自分のマシンがあった。自分でオペレーションシステムを入れ替えることくらい、簡単にできた。自分で小さなプログラムを組むこともできたし、そうしたことを覚えられたのは、自分専用のコンピュータがあったればこそだ。あれから、家をいくつ変わったろう。いつのまにか、自分で触れるマシンは手から遠くなっていた。じっくりとコンピュータと対話することができないのは、不満だ。あれとのコミュニケーションのいいところは、こちらのペースがどう変化しても相手はまったく気にしないところだ。人が相手だと、そうはいかない。黙ると、なぜ黙るのか、と言われるし、考えようとすると、もう別の話題になっていて、絶対に待ってなんかくれない。

だから、人と話なんかしたくないんだ。そう、零は思う。

「ああ、それは、とてもよくわかる」とエディスはうなずいた。「あなたは、コミュニケーションというものが、わかっていなかったのよ」

深井零は無言でエディスを見つめる。

「いまのあなたには、わかるかしら、零？」

「気安く呼ばないでほしいな」

「そう、それが、正しいコミュニケーションというものよ。相手の出方に反応して変幻自在に対応する。これがコミュニケーションというものでしょう。いつも同じ対応しかしないコンピュータを相手にするのは、コミュニケーションとは言えないわ」

「それは、解釈の問題だろう」

「そうね。でも、わたしはあなたの解釈を批難しているのではなくて、あなたが人ではなくコンピュータとの関係のほうがらくだという、その気持ちが、いまのあなたの話から、理解できる、と言っているの。あなたは、わたしの言い方に不快感を覚えて、それを口にしたでしょう、それがコミュニケーションというものだと、わたしは思う。コミュニケートというのは、戦いよ。子供のころのあなたは、コンピュータと戦ったわけではないのだということが、わたしにはわかった。あなたは、コンピュータとはもちろん、だれとも戦ったことはなかった、ということよ」

続けて、とエディス。深井零は軍医を見つめてしばらく黙っている。

「わたしが怖いかしら、零？」

「いいや」

深井大尉はソファに座り直す。

きっとあの〈女〉は見栄《みえ》を張ったのだ。そう思いながら、零はマシンを操る。あの一件からしばらくして、子供部屋に専用の情報端末機が来た。兄の分と、二つ。抱いて寝たいほど嬉しかった。これで、時間を気にしないで、コンピュータと遊べる。これは自分だけのもので、もう、兄やだれかに横取りされることはないし、兄に勝手にこちらのアクセスコードを使われることも、ない。いや、それは考えられるけれど、そのときは対抗手段を考えて、このマシンに組み込むことがたぶんできるだろう、と零は思う。自分のマシンなのだから、好きなようにカスタマイズすればいいのだ。

零は、自分専用のハードウェアが手に入ったならば、やってみたいことがあった。自分の言うことしか聞かないシステムを構築する、という計画だった。

やる気になればできるだろうが実際のところ現物のシステムの構成はどうなっているのだろうと、それを確かめることから零は勉強し始める。零にとっての、それが遊びだった。いままでは自分専用のマシンではなかったので、そういう遊びに没頭することができなかったのだが、いまは、違う。やりたい放題に、できるのだ。

それで、わかったこと。

——こいつはパソコンじゃない。

ようするにいまのコンピュータというものは、零がより幼かったころに遊んでいたコンピュータとはもはや別物だ、ということだった。零にとって驚くべきことに、現在のマシンというのは、単体では使用できなかった。独立したオペレーションシステムというものを、それは持っていない。内蔵されていないのだ。まさに端末機であって、必ずネットワークに接続しなくては機能しない。基本的には電源を落とすためのスイッチもない。最初に電源を入れると、それは接続されたネットワークから本体マシンを起動可能なOSを自動でサーチし、自動的に起動する。なんらかの原因で電源が落ちてしまったときも同様に、自動的に再起動を行う。

情報端末機に使用されるOSは一台の端末を複数のユーザーが使うことを前提に設計されているもので、それは零にはなじみのものではあったのだが、零を驚かせたのはそのOSのあり場所で、それはどこにあってもいい、ということだった。と同時にそれは、特定のOSをユーザーでは指定できないということ、ようするに、システムを勝手に入れ替えたりするのは不可能であって、システムレベルでのカスタマイズはできない、ということを意味した。マシンに搭載されている中枢処理装置の性能自体はかなりのもので、実際にここですべての計算処理が行われているというのに、見方としてはこれはパソコン本体ではなくターミナルだった。ネットワークの中央に巨大な中枢コンピュータがあってそこに接続されているようなものだが、実際にはそうした中枢というものはなく、接続されているすべての端末機内の中枢処理装置に処理が分散されている。全体として一つの巨大なコンピュータ、という構図だ。

しばらく自分専用マシンを持っていない間に、コンピュータというのが以前とはまったく姿を変えてしまったということを、零は思い知らされたのだった。

——あれは、ぼくのマシンじゃない。

真夜中の子供部屋、暗闇のなか、兄の寝息が聞こえている。零は耳をすます。かすかに、コンピュータの冷却用のファンが回っている音が聞こえる。二台のコンピュータ。兄と、自分の。モニタは使っていないので、暗い。でも、コンピュータは、休んではいないのだ。かなり負荷がかかっていることは、ファンの音が聞こえていることでも、わかる。普段は冷却ファンなど回らない。

中枢処理装置の負荷状態を示すビジーインジケータランプが明滅している。零は枕を抱えながら、それを見つめる。そのランプは、シェアリング状態を示すインジケータでもある。持ち主以外の、外部のだれかが使っていることを示す、ランプだ。明滅しているのは、負荷がかかっていることを示している。持ち主である零がいまは使っていないのだから、外部のだれかが使っているのだ、ということがわかる。

零は自分のベッドをそっと降りる。学習机に近づいて、モニタのスイッチを手探りで探して、入れる。すると、コンピュータ本体のビジーインジケータは明滅をやめる。ぼんやりとモニタが輝度《きど》をましていく。通常の明るさになった画面には、きょうの宿題である算数の問題が出ていた。

さきほどまでこのコンピュータは、自分の知らない、違う仕事をしていたというのに、素知《そし》らぬ顔をしている。そう思うと零は、なんだか、すごくもの悲しい気分になる。

――なにをしていたのだろう?

ネットワーク内では、だれかが、負荷のかかっていないアイドリング中のコンピュータを探し出してその能力を利用する、ということは日常的にやられていた。この情報端末機とネットワークシステムが、そのように構築されているのだ。零もそれは知っていたが、実際に自分のコンピュータがそのように稼動しているのを見るのは、いい気分ではなかった。

――これは、ぼくのもの、のはずなのに。

零はデスクの前に立ったまま、キーボードを操作し、自分のコンピュータを、だれがどこから使用していたのかを追跡するプログラムを前面に呼び出す。ネットワーク上にそうしたユーティリティプログラムがたくさんあるのを、零は見つけていた。以前はまったく意識していないユーティリティプログラム群だった。自分のコンピュータを勝手に使われるのはいやだという思いを抱いてから、初めて、それらの存在が目に入ってきたのだ。その一つを利用、あらかじめバックグラウンドで起動しておいたので、使用ログが記録されているはずだ。

モニタに、記号と数字のリストが表示される。慣れると、記号の意味する内容が詳しく追跡しなくてもわかる。

——こいつは、ナビの座標計算だ。

これは、近くを走る自動車の、かならずしも近くとはかぎらないのだが、車載ドライブ支援装置が、自車の位置座標計算をこちらのコンピュータにさせるためにアクセスしてきたのだ、というのが、わかる。

——こっちのは、なんだろう、けっこうな時間、接続されているけど。

非常に重い計算処理を、ネットワーク上に存在する無数のマシンに振り分けて並列処理させるという、そういう仕事に自分のマシンが就いていることもあった。それは、全天の星星の恒星間距離の計算であったり、内容はよくわからない解析計算であったりする。

こうした計算処理を、いつ、どの空きコンピュータにやらせるのか、という並列分散処理用のソフトウェアが当然存在していて、それはなかなか巧くできている、ということが零にはわかってきていた。そのソフトは、計算すべき内容、処理内容による選別はしない。平和利用だろうが軍事機密処理だろうが、民間や官製といった区別もしない。ユーザー側も、バックグラウンドでどのコンピュータが使用されているのかを意識することはない。たとえ出来の悪い大学院生が、自分では意味があると思っているが実は無意味な、しかしやたらと重い計算仕事をやらせるのに、わざわざ並列処理をさせようなどと意識せずとも、自分の情報端末機を使うだけで結果が出せるのだ。

——だれが、なにをやらせたのか、わからない。わけのわからない仕事にぼくのマシンが使われるのはいやだ。

こういうことをなんとかしないと、自分のマシン、などというのはどこにもないことになる、と零は気づいている。

自分が使わないときは電源を落とせばいい、などというのは通用しない。本来そのような使い方は想定されていないのだ。電源ケーブルを抜いてシステムを落としたら、すぐに、〈ネットワークに接続されていない〉という警告が、まずこの家の情報管理責任者、マスターである親のマシンに伝えられて、子機であるこのマシンが起動状態にないことがばれる。そのような使用法は許されないし、それならおまえ専用のマシンなどいらないだろう、ということにもなるのだ。

零はまたベッドに戻り、布団をかぶって、どうすればいいかを考える。

寝不足だ。でも学校には行く。登校拒否などしようものなら、せっかく与えられた専用マシンを取り上げられるかもしれない。零はそれが怖かった。授業中に居眠りしそうになると、それも必死にこらえる。教師がまた親に告げ口するのが、怖い。教室の同級生という存在はあまり意識に入らない。なんだかうるさい生き物が群れて自分と同じ場所にいる、という感覚でしかなかった。

三日ほど寝不足の頭で考えて、自分のマシンも寝かせなければいいのだ、と思いついた。自分が使い続ければ、他人に使われるという心配はしなくてすむ。思いついてみれば簡単なことではあった。

しかし、それがいかに大変か、ということは、やってみてすぐにわかった。零が、これはコンピュータにとって大変な負荷だろうと思う、どんな処理をやらせても、外部からの仕事が入り込んでくるのを排除できない。中枢処理装置が、最初から複数の処理を並行して実行するようになっているのだ。そのように設計されているのだ、と零は気づく。

自分のマシンをだれにも使わせたくない、自分のものにしておきたいとなれば、抜本的な解決策はただ一つだ。自分で設計したオペレーションシステムで自分のマシンを起動するしかない。

零はそれを実行すべく、頭をめぐらせる。

この情報端末機は、なんらかの原因で再起動が必要になった場合には、自動的にシステムをネットワークに求めるように、できていた。そうした起動プロセスを開始するための小さなプログラム、ブートストラップは、この情報端末機の中の読み出し専用メモリの中にファームウェアの形で内蔵されているのだろう、という予想は零にはつけられた。そのブートストラップがシステムローダーを起動し、ローダーが起動可能なシステムを探しにいく、という手順だろう、と。その手順を書き換えることができれば、ネットワーク上に

あるOSを無視して自分専用のOSから起動することは可能だ、という理屈だ。

零はこつこつと、わずかずつでも休まずに、与えられたマシンを真《しん》に自分のものにすべく研究し始めた。それはこのマシンをネットワークという監獄から脱獄させるための穴を素手で開けるようなものだった。途中でいままでの努力が一瞬にしてふいにならないように、そのための細心の注意も必要だった。こんなことが親に知られれば、取り上げられるに決まっている。

まず必要だったのは、どこからも干渉されない空間をネットワーク上に確保することだった。それがすべて、と言ってもよかった。その空間に、自分だけの、私的な専用の起動用システムをおき、自分のマシンをそのシステムによってコントロールすればいいのだ。

概念は単純にして明快だったが、実際にやるのは大変だろうという予想はついた。自分のマシンのハードウェアに手を加えなくてはならないというのはすぐにわかったが、即座に実行することはかなわなかった。目的を達成するには、どういう知識が必要なのかをまず知らなくてはならなかったし、資金面でも時間が必要だった。毎月の小遣いはわずかなものだったからだ。

それで、とエディスは訊く。

「あなたのマシンは、あなたのものになったの？」

深井大尉は、かすかに首を縦に動かして見せる。無言だ。同意、イエスなのだろう、とエディスは解釈する。

「マシンを共有するということが、どうしてそんなにいやだったのか、いまのあなたには、説明できるかしら？」

「そうだな……いま思い返せば、おれにとって自分のマシンというのは、個室だった。プライベートな空間なんだ。バスルームだ。そこに、だれだかわからない、男や女が勝手に入ってきて用を足しては出ていくようなものだ……実際、あの情報端末機は通信中継器でもある。だれもが土足で入り込めるんだ。外部から使用されているときにはその通信内容を、その気になれば、傍受できた。違法だが、知識と技術と根気があれば、それは可能だった」

「やったの？」

「やる能力が、おれにはあった」

「やったと認めないのは、慎重になっているからかしら。違法行為でも、もはや時効でしょうに」

「やらなかったんだ」

「違反行為を恐れて？　せっかくのマシンを取り上げられるかもしれないし、ということ？」

「いや」と零は首を今度は明確に横に振って否定する。「なぜ、そんなことをしなくてはならないんだ？　薄汚い会話であふれているに決まっている。悪党の秘密の打ち合わせ、インサイダー取り引き情報、痴話喧嘩、中傷合戦、でなければ、してもしなくてもいいような時間つぶしのために飛び交う無意味な情報だろう。いまのおれなら、外国のスパイ連中はひそかにそういう内容を傍受していただろう、という予想もつく。バックグラウンドで熾烈に戦われている情報戦だが、そんなのは、おれには関係ない。当時の自分なら、なおさらだ。そんなのを聞けば、自分のマシンがいかに馬鹿馬鹿しくもくだらないことに使われているかを知って、頭に来るだけだ」

エディスは零にわからないように、かすかにため息をつく。これは、やはり健康な精神状態からは逸脱していると思わざるを得ない、と。少なくとも自分は、そういう内緒話を聞ける状況にあるのなら、聞いてみたい、のぞいてみたい、と感じる。それが一般的な人間の反応ではなかろうかと、エディスは思う。

「くだらないことにこのおれのマシンを使うな、と思っていた。おれのマシンは公衆便所じゃない、ってことだ。それを言うなら、コンピュータネットワーク空間は巨大な汚物溜《だ》めのようなものだ。屑《くず》情報ならぬ糞情報のたまり場だ。おれは、自分のマシンを、そういう汚い環境から護《まも》り、クリーンなマシンとして機能させたかったんだ」

ああ、それなら、わからないでもない、とエディスは思う。

「でも」と深井零は続けた。「いまなら、自分のマシンというよりコンピュータというもののすべてに関して、くだらないことにそれを使ってはならないと思っていたんだと、そうも思える。コンピュータというものすごい能力を持ったマシンを、人間という出来の悪い生き物の、くだらない用件に使うな、と怒っていたのかもしれない」

「かも、しれない？」

「全世界から嫌われていると感じても、それがどうした、と思っていた。でも、無意識には、怒りもあったかもしれない、ということだ。無意識のことは自分ではわからない。だから仮定形になる」

「わたしは、あなたは世界に対して怒っていたというよりは、人間たちを見下す気持ちのほうが強かったのでは、と思える」

「だから？」

「それでずっとやっていければ、何事も起きない。自分だけは特別な人間と思っている嫌味な大人の一丁上がり、よ。でも、あなたは、そうじゃない。挫折したでしょう。世界から反撃をくらったはずよ。どんなことだった？　あなたのマシンは、どこへいったの？」

「破壊された」

「だれに」

「官憲だ。公共福祉法やらシステム破壊防止法やらなんやらかんやらの罪状で、おれは捕まった」

「あなたの経歴には、ないわね」

「知ったことか。自分の経歴記録を見たことはない」

「少年を保護するためかしら。幼かったわけだし、日本の法律では、非公開と定められているのかしら？」

「知らない」

あるいはこれは作り話かもしれない、とエディスは気づく。しかしどんな物語にも真実は潜んでいるのであり、語らせること、それに耳を傾けることが重要なのだ、とエディスは診察の基本を思い出す。

「全世界に裏切られたと思ったのは、そのときなのかしら」

「それが初めてじゃない。またか、と思った。でもおれにとってあの体験というのは、そうだな、大事に飼っていたペットを目の前で殺されるような衝撃ではあった」

家の人間たちが寝静まると、零は呪文を唱えて、自分のマシンを呼び出す。日中はその情報端末機は普通のそれなのだが、夜は、零のものになった。常時自分のものとして稼動させておくということは、自分がいないときに兄やだれかに勝手に使われてしまう、ということでもあったので、普段は普通の情報端末機として放っておいた。それは零にとっては自分のマシンの電源を落として休ませておくといった感覚だった。

零の理想は完全なる自分のマシンを手に入れることだったが、零の能力ではいまだにかなえることができなかった。メモリ空間などを外部ネットワークに依存していることが原因だった。

資金さえあれば、なんとかできるだろう。はやく大人になりたい、自立したい。そう思いながら零はキーボードに呪文を打ち込む。

兄は寝ている。兄と言ってもまだガキだ、と零は思っている。

寝静まった家の、その子供部屋で、儀式が始まる。呪文。ハード的な改造スイッチによって自動ブート機能を殺し、強制再起動動作を行い、起動プロセスの最初の部分を手で打ち込む。起動システムを指定したプロセス。

立ち上がる画面は、普段と同じだ。だが、この零が改造したOSは一度に複数の処理を実行できるようにはできていない。外部からの分散処理仕事の要求を拒《こば》むことはできないが、零がやっている仕事を終了するまで外部のそうした仕事は待たされる。実質的には、この零のマシンは非常にビジーな状態にあると外部からは判定されるため、割り込んでくる仕事というのはなかった。

ここまで来るのに一年ちかくを要していたが、零はこれを使って、本格的に自分自身のOSの開発を始めた。それはこのマシンとの会話でもあった。外部からのアクセスを完全に遮断しつつそれを不自然に感じさせないようなシステムを構築すること。それって、自分の名前のようだ、と零は思う。ゼロという記号はあるけれど、無だ。足しても引いても変化はないが、掛け合わせれば相手も零になってしまう。割れば？　世界の秩序を保つためにゼロで割ることは禁止されている。もしそうでなければ、世界は定義不能になる。なんでもあり、になってしまうのだ。

そんなことを考えながら、その夜も、ＯＳ作りという遊びに没頭していたが、突然の物音で中断させられた。窓が破られて、武装した兵士のような男たちが三人、飛び込んできた。

零は椅子から飛び上がった。突然の物音に驚いて身体がそう反応したのだ。

拳銃を持った男がいきなり零の首筋をつかんで、デスクから引きはがす。別の一人がモニタをのぞき込み、さらに三人目が携帯機器と零のマシンを交互に見つめて、これだ、と言う。

「驚いたな」と零を確保した男が言った。「子供だぞ」

「なんなんだ、あんたたち」

零は叫ぶ。兄が起きた気配があるが声は立てない。

「公共福祉法違反の現行犯だ」と男。「おまえは貴重な我が国の資源を、私的に、排他的に利用していた。脱税に匹敵する重大犯罪だ。国賊だ」

「ぼくは、パソコンを改造して、使っていただけだ。自分のコンピュータがほしかっただけなんだ」

「その発言は、記録される。おそろしく危険な思想であり、行為だ。システム破壊防止法違反の容疑も加わる。おまえはネットワークシステムに干渉し、自己流のOSを開発し、それでもって、すべてをおまえのものにしようとしていた。そういう痕跡は証拠として保存されている。言い訳はできないぞ」

なにがなんだかわからなかった。そのとき零が感じたのは、自分がコンピュータを持つというのを世界のほうではこちらを射殺してもいいくらいに憎んでいる、ということだった。

「はやくそのシステムを落とせ」と携帯機器を持った男が言った。「これだと確認できた。証拠も押さえた。稼動させておくのは危険だ。危険分子にコピーされる前に、破壊しろ」

「やめて」と零は絶叫する。「ずっと一緒だったんだ。ぼくが育てた、ぼくの、マシンだ」

零を抑えていた男が身柄を同僚に引き渡し、拳銃を構えて発砲した。轟音。

結局、それはどういうことかわかるか、と深井零はエディス・フォスに訊く。

「どういうことって？」

「あのマシンが」と深井零は言った。「日本で最後の、パーソナルコンピュータだったんだ。あれを最後にパソコンは、絶滅した」

「絶滅、とはね」とエディス。「あなたはコンピュータというものを擬人化して考えているのね」

「なんとでも解釈すればいいさ」と零。「パーソナルなコンピュータという概念がいままでは消滅しているのは事実だ。現物も、なくなった。生物種の繁栄と絶滅と同じだ。おれは、そう思う」

なるほど、とエディスはうなずき、零の話をメモする手を止めて、いままで書いたものを読み返す。

現在の地球では、たしかに、コンピュータにかぎらず、世界中の通信機能を内蔵した機器のすべてが、特定個人のものではなくなった。不特定多数がそれを使用するのだ。所有者は排他的な使用権を放棄しないかぎり自分のものであるはずのそれを使用できない。深井大尉は、そうした地球の現状を引き合いにして、しかし雪風は自分のマシンだと主張したいために、たとえ話をしたのだろうか、とエディスは考える。

「もういいかな、フォス大尉」

「名前は、つけていたの?」エディスは、思いついて、尋ねる。「そのあなたのコンピュータ、マシンを、あなたはなんて呼んでいたの」

「忘れたよ」

「雪風、ではないの？」

「いや。カタカナの名だった。カタカナ、外来語だ。本当に覚えていないんだ。——疑っているのか。嘘だと？」

エディスはメモしてきたノートを閉じて、深井零を見つめる。

「過去の思い出話というのは脚色されるものだから」とエディスは言った。「あなたがこれは真実だと言ったところで、わたしはそのまま鵜《う》呑《の》みにしたりはしない。反対に、嘘だったと言われても、あなたがこの話をした、ということは事実であって、わたしにとってはそれが重要な点であり、内容がフィクションかどうかなどというのは、あなたに関して今回わかった事実には影響しない」

「なにがわかった」

「あなたは自分のマシンを奪われた。でも、世界に対して抗議の戦いはしていない。あなたは、だれとも戦ってはこなかった。人間とも、コンピュータとも、過去も、そしていまも、雪風に対しても、あなたは戦ってはいない。それが、わかった」

「行っていいか」

「雪風のところに？」

「いや、もう退室していいか、という意味だ」

「いいわ」とうなずいて、許可する。「ではまた明日、同じ時間に」

退室する深井大尉を、エディスは廊下に出て見送る。深井大尉は返答せず、振り向きもしなかった。先は長い、とエディスは自室に戻りながら思う。戦士とは、戦う者だというのに、あれは戦士の姿ではない。零はとくに、まず雪風との関係において格闘する必要があるのに、それから逃げている。なぜ？ 雪風が怖いから。一言で説明するなら、そうなるだろう。でも、その一言を言われても、いまの零には理解できないだろう、とエディスは思う。

その恐怖は、彼自身が気づいて乗り越えるしかない。だれも助けてはやれないのだ。ドアを閉めながら、しかし、そうだろうかと、ふとエディスは思った。雪風なら、できるのでは？

——そして戦士たちは、真の戦いを開始する。〈世界〉に向けて。

ドアが閉じる音にどきりとして、しばしエディスは立ちつくす。

切り落とし

I

その現場はなかなかの見ものだった。

人が殺されているというのに見ものはないだろうとは思うのだが、ついそんな不謹慎なことを言いたくなる光景だった。

謀殺課の刑事などという仕事をしていると、凝《こ》った殺され方をした死体を見る機会が多いのだが、それらのほとんどは見た目の派手さはない。自然死に見せかけようとする犯人が多いせいだろう。

苦労して細工を重ね、殺したことが誰にもわからないような殺し方をするなんて、何のための苦労なのかわからないではないかと私はときどき思う。憎い相手なら派手に殺した方がよほど気分がよかろうに。どうせ捕まるのだ。もっとも、やるほうは、捕まりたくないから苦心するわけなのだろうが。

だが今回の犯人は、労力のかけ方が違っていた。殺したことがわからないように、などという努力はしていない。明らかに殺人だとわかる。バラバラ死体なのだ。

こんな綺麗なバラバラ死体を見るのは謀殺課の刑事になって初めてだった。身体の各部が切断された死体は殺人課にいたころは珍しくもなかったのだが、それらは謀殺されたのではなく、成りゆきで殺したはいいが、犯人が死体の処理に困って切り刻んだ、というものばかりだ。

計画的に人を殺害して死体を処理するとき、その死体をバラバラにするなどというのはあまり効率のいい方法とは言えない。死体を隠すならもっと良い手段がいくらでもある。だいたい、人を殺しておいてその死体を隠そうなどというのはどこか抜けているのであって、実際、謀殺の場合はそのような例はまれだ。

謀殺課があつかう事件で出会う死体はだいたい二種類に分かれる。

一つは、本当に殺されたのかどうか識別しにくい、自殺か事故死か自然死かに巧妙に見せかけられたもの。もう一つは、そのような細工ははなからされていないもので、犯人は捕まることを最初から覚悟しているような場合などだ。

怨恨の果ての計画的犯行などというのが後者にあたる。捕まるのを恐れていないようなそんな事件は簡単に犯人を挙げられるのだが、趣味で人を殺してその死体をコレクションしている殺人狂の犯行などになると、まず事件そのものが表面化するのに時間がかかったりするから、凝った殺され方をする前者の事件よりもやっかいなものになりがちだ。

謀殺課というのは、そのような事件に対処するためにできたようなものだった。そもそも犯人が自ら犯行を通報してくる場合でも自首すること自体が犯罪計画のうちだというのがあって、そのような者は犯行は謀殺ではなく故殺、つまりカッとなってついやってしまったと主張する。それをそうではない、と立証するのは、このような人間を相手にするときには困難だ。言ってみれば、謀殺課というのは、このようなまともではない人間を相手にする仕事だ。犯人を挙げるだけでなく、その者の人格を判定するような立ち入った捜査をやる。かつての検察がやったようなことだ。それだけいまはおかしな人間が増えたということだろう。

まともではない。今回の現場を見た第一印象がそれだった。

被害者は男性で、頭と四肢が胴体から切り離されている。その切断された各部は綺麗に処理されていた。血生臭さはまったくなく、蠟細工のようなのだ。検視結果を待つまでもなく、手の込んだ死体処理だとわかった。鼠径部《そけいぶ》の大腿動脈から血液が抜き取られ、代わりに赤い染料を混ぜた防腐剤と時限硬化剤が注入されていて、おまけに表面が透明なプラスチックで覆われている。そのため、腐らず、まるで生きているようにというか、いや、作り物のように見えるのだ。ディスプレイされた人体見本という感じ。処理したのはバスタブだ。洗い流されてはいたが、血液反応はあった。おそらく犯人はそれは承知しているだろう。現場のほかの状況からしてもきれい好きらしい。だが、すべての血が下水に流されたのか、血液採取が目的だったかは、わからない。もしかしたら血は売られたかもしれない。それならアシの付くやり方はしないだろうが、その方面の捜査は必要だろう。

切断身体各部の置かれた場所もおかしかった。

胴体は裸でベッドの上に寝かされていた。まさしく就眠中のように布団が掛けられていた。血液はまったく染みだしていたりせず、清潔な印象だ。

頭はコンピュータデスクのキーボードの上にディスプレイをにらむ向きに置かれていた。その表情は眼をむき出しにした鬼気迫るといったものだったが、恐怖というよりは怒り、という感じだった。コンピュータを使ってそのネットワーク世界にダイレクト・ジャックインの最中に、頭にきたことがあったような表情だ。コンピュータ世界と脳をダイレクトに繋ぐDJコードのコンセント部位、後頭部に内蔵されているそれが加熱して火傷した形跡があった。DJコードのほうはというと、後頭部のコンセントからは抜けているが、コンピュータ側とは接続されていた。後頭部の火傷はなんらかの原因によるコンピュータ側からの電撃のせいかと予想されたのだが、よくわからない。コードやコンピュータ自体は焦げたりするなどの異常はなかった。

いまのコンピュータは、このDJ、ダイレクト・ジャックイン・システムがあれば、ディスプレイやキーボードは必ずしも使う必要はない。頭とコンピュータを接続してしまえばすべての操作が可能だ。手は必要ない。頭さえあればいいのだ。それを実現して見せたかのような情景だった。

で、コンピュータの操作には必要のない両腕はどこにあるかというと、台所の、けっこうきれいな、というのはあまり使ったことがないためと思われる、流しの脇に出されたまな板の両側に置かれていて、右手は包丁を握っていた。

傑作なのは両脚で、それは靴下と靴だけを履いて、玄関に立っていた。これからその脚だけで外出しようとでもするように。脚は倒れないように、その皮膚と靴下、靴が接着され、靴底にも接着剤が塗られて床にしっかりと固定されていた。

これらが作り物だとしたら、悪趣味だという人間もいるだろうが、面白いと評する者もいるだろう。私はといえば、これが悪戯《いたずら》ならけっこう楽しめると思った。しかしむろん、本物の死体だとなると、話は別だ。面白いなどとは口に出しては言えない。正常な神経ではこんなことはやれないだろう。そんな者を相手にしなくてはならないのだから、仕事とはいえ、こちらの神経もこたえる。これが見ものだなどと思うのは、こちらの精神状態も犯人と同じではないかとふと感じて、だからそんな面白いという気持ちを抑えているようなところもあって、まったくストレスのかかる仕事ではある。

死体処理のやり方からみて、準備に手間をかけたことがよくわかるから、これが計画的な犯行だというのは間違いなかった。しかし、なぜ、となると、わからない。

現場は被害者の自宅だ。犯人はこのオブジェを持っていくとか、別の場所に展示するということは考えず、ここに置くことこそが目的だったのだろう。こんなに苦労して、だれに見せるつもりだったのか。

被害者は一人暮らしだったし、この家に他人の出入りはほとんどないようだった。通報してきたのは、家主の依頼で家賃の取立を代行する者で、いわゆる取立屋だ。家賃に関わらずオンラインの決済が不能になったときに直接出向いて未納の料金を徴収する人間。その取立屋が、何度も来ても返事がないのに業を煮やして管理人の立ち会いの下にドアを開け、二本の脚の出迎えを受けたというわけだった。

犯人がそんな人間にこれを見せることを目的にしたとは思えない。いったい、殺すだけでなくこんな死体のディスプレイをやる感覚とは、どういうものなのだろう。

まともな人間のやることではないと言うのは簡単だ。だが、こんな仕事をしているからでもないだろうが、まともな人間などというのは人間らしくない、という気もする。このような犯罪こそ実に人間的だとは言えるのであって、激情に駆られて他人を殺すなどという単純な事件は猿でもやれる。人間は猿ではない。もっと複雑だ。

本当のことは、犯人にしかわからないだろう。もしかしたら犯人自身にもわかっていないのではないか。そんな事件にいくつもかかわってきた。今回もそんな事件のような気が私にはする。

II

俺が起きてまずやることといえば、たっぷりと食事をとることだ。起きるのは朝とは限らないから夕食のこともあるが、ま、時間は関係ない。起きたら、食べる。これが楽しみだ。

コンピュータにジャックインして暮らすのを日常にしていると、なかには食事をとるのを忘れて餓死したりするやつがいる。俺に言わせればそういう奴は自分が動物であることを忘れた馬鹿か、食べることの快感を放棄した間抜けだ。俺はこの動物的な快楽を楽しんでいる。

たいした料理を作るわけではないが、いい食材は幸福な気分にさせる。新鮮な卵に野菜、チーズ、焼き立てのパンがあればごちそうだ。新鮮な野菜などというのがいまの世の中にもあるのがありがたい。工場で生産される人工食物が主流になったいまでも、自分で飼育したり栽培することをほとんど趣味のように楽しんでいる人間がいて、俺はそのおこぼれに預かっているようなわけだが、まあ、持ちつ持たれつということだろう。作っても誰の口にも入らないとしたら作りがいがない。世の中、うまくできている。

それで、俺の商売も成り立っている。ＤＪ探偵で食っていけるなどとは少し前までは考えたこともなかった。おそるおそる始めてみれば、すぐに商売敵《がたき》が現れ、いまでは寝る暇もないほど繁盛している。

コンピュータとDJコードさえあれば誰でも始められる。家から一歩もでなくても仕事になる。昔の探偵のように靴をすり減らすこともない。昔の探偵のことなど知らないが、しかし、体力はいまでも必要だ。俺は寝ることも食べることも、忘れない。世の中どう変わろうと、生きる基本は寝て食べることだというのは絶対に変化しない。

で、その日も十分な睡眠をとり、起きて食事の用意を始めたのだが、のんびりと卵をゆでてエッグサラダを楽しもうという計画はその事件のためにだいなしにされてしまった。

卵がゆだるまでには時間がかかるので、その間コーヒーを飲みながらコンピュータでニュースを見る、というのが俺の一日の始まりだ。コンピュータと頭をDJで繋ぐのではなく、昔の新聞やテレビのニュースを見るように受動的に見る。起きてすぐにDJサーフィンをやるような疲れる真似はしない。

ゆで卵機などという野暮な道具は使わない。ミルクパンに張られた湯の中でコトコトと卵が踊る音を聞いているのが俺は好きだ。それを聞きながらいつものようにコンピュータのニュース画面を見ていたのだが、殺人事件を報じている、その被害者の名を目にしたとたん、卵のことは意識から飛んでしまった。

なんとその名前は俺が依頼を受けて調査中の男ではないか。そいつが殺されたとは、どうということだ。コーヒーのたっぷりと入ったマグカップを置き、俺はＤＪのプラグを後頭部に挿《さ》し、ジャックイン、コンピュータ空間にダイブ。この事件について検索を始めた。いくつものニュースネットワーク局がこの事件について報道していた。それらの情報が脳にダイレクトに入ってくる。バラバラ殺人事件だ。

警察の公開情報ネットもあるが、その内容はそっけないものだった。事件は謀殺課が担当して捜査中であること、現場は被害者宅だが、殺害現場は確認されていない、などという内容がテキストで表示されているだけだ。

しかしニュースを専門に流すネット局の情報は派手だった。現実は下手なドラマよりも面白いとばかりに、ドラマ仕立てで勝手に事件を脚色する。被害者の立体顔写真をもとに切り離された首の映像を合成して事件現場の状況を再現して見せているニュースネット局もあった。血生臭い猟奇事件として報道しているが、現実はもっと奇妙に違いない。下手に脚色しているものほど凄みがなくなるのはこの事件に限ったことではない。

詳しい状況がわかってくるにつれ、飯を食うどころではなくなった。まっさきに疑われるのは俺だろう。

ひととおりネットを泳ぎ切っていったん現実空間にもどる。ジャックアウト。ＤＪ接続を解除し、コードを頭から取る。ゆで卵は完璧なハードボイルドになっていた。

事実は自分で再構成していかなければならない。コンピュータを通じて提供される情報は、事実を基にしているなどと報道側がどう主張したところで仮想にすぎない。自分がなにを信じるかによって事実などというのはいかようにも変容していくものだ。そんなのは当然だが、問題は、逆もまた成り立つということなのだ。つまり、世間が現実と認めたことは、自分がそうではないと思ったところで、そうなる。自分のほうが仮想にされてしまうようなものだ。自分に関係のないことならそれでも実害はない。しかし、自分が目標にされたとたん、自分の日常が危機にさらされることになる。

いまの俺がそうだった。自分の世界が崩壊する危険がある。おおげさではない。逮捕されたら、好きなものは食えなくなる。それは大問題だ。人間として認められなくなるということだ。

俺ではないということを他人に、警察に、つまり世間に、納得させられるだろうか。いずれ捜査している謀殺課がやってくる。

もしかしたら、俺なのか？　突然、俺はそれが真実である可能性のあることに気づいた。まっさきに自分が疑われると感じたのはなぜだろう。自分が自分を疑っているからではないか。意識していない、分裂した、仮想空間の俺がやったという可能性。その俺には意識できない分身が、なにか手違いをやっていて、謀殺課がそれを見落とすはずがないと、恐れているのではないか？　ばかな。しかし、俺には、その分裂した自己というのが存在することがいまわからないのだから、もしそれが実在するにしてもそんな分裂した自己がやったことなど、俺にわかるはずがない。可能性はあるのだ。

なんなんだ、これは。どうなっているんだ――心理的な恐慌に陥りそうになるのをこらえて、俺は自分の調査していた内容を振り返る。きちんと順を追って、細かいことも思い出さなくてはならない。それは、事情聴取に対するシミュレーションそのものだ。

刑事はまずなにを訊くだろうか。

『あなたは被害者のなにを調査していたのか。その経緯を聞きたい。依頼者はだれか』

まずそこからだ。

俺は被疑者を追及する刑事と、疑われている自分を、仮想の取調室をコンピュータ空間に作り上げる作業に取りかかる。DJを使えばそれができる。謀殺課のやり方はだいたい見当がつくので、刑事の人格をそれを基に設定してやる。謀殺課は、意識しないで行われた、しかし間違いなく計画的に行われたという事件の犯人を多く挙げている。そんな犯人は分裂した自己に気づいていないのだ。

分裂した自分がやったことを意識しないというのは、いまの世の中、不思議でもなんでもない。DJ空間ではたやすく自己が分裂する。DJ接続を切ればその分裂した自己がまたもとに戻るかというと、いつもそうとはかぎらない。いまの人間はそういう世界で生きているのだ。そこで生じる犯罪に対処するためにあるような課なのだ、謀殺課は。俺はそれを知っていた。

設定にはけっこうな手間がかかったが、それをやる技術が俺にはある。実際に謀殺課が来なければ、つまり俺が疑われていないのなら、こんなシミュレーションは無駄だが、しかし無意味だとは思わなかった。自分が疑わしいと思う以上、万一に備えておく方がいいに決まっている。俺は事実が知りたかった。意識していないもう一人の自分がいるというのなら、それがいるということを、はっきりさせたい。それがわかれば、現実の我が身にふりかかる危機に対処できる。

用意が整うと、DJを後頭部にジャックイン、俺はその仮想空間に入り込む。どう展開するかは、俺にも予想できない。だからこそ、こうする価値があるのだ。すべて予想できるなら、コンピュータの支援などいらない。自分で作った仮想空間に自分の意識を同調すると、周囲の様子がはっきりと浮かび上がる。ほとんど現実と区別がつけられないほどだ。その取調室には窓がなく狭い。四方の壁は白く、ここにつれてこられる者は圧迫感を感じるに違いない。

小さなデスクを挟んで、俺は刑事と向かい合う。俺はいま、ここにつれてこられたところだ。連行されたのではなく、刑事に同行したのだ。

その刑事には顔がない。仕事中の刑事にはそのような個性は必要ない。それにしてもこの探偵の態度はなんだ、とその刑事は思う。それが俺にはわかる。仮想の取り調べが始まった。

Ⅲ

この探偵は部屋の様子などにはまったく無関心だ。こいつに興味があるのは、なぜ自分が謀殺課に捕まったのか、ということだけだった。正確には捕まったのではなく、逮捕などではなく、疑いは濃いものの形式としては参考のための事情聴取なのだが、それはこいつにもわかっていた。この男が知りたいのは、刑事の私がなぜ自分のところに来たのかという純粋な好奇心のようだった。

この探偵がもし犯人なら、なんらかの理由をこじつけて出頭や同行を拒むところだろうし、まったく事件に関係ない者でも、こいつのように自分の立場などどうでもいいというような態度で取調室に入る者はいない。

この探偵は、ここにくればすべての疑問が氷解すると思ってついてきたようだった。おそらくこいつはそのとおり、それを期待しているのだ。謀殺課がどのように捜査し、どうやって犯人を突き止めようとしているのか、ということを聞きたがっている。

こいつが犯人ならよほどの自信家か、あるいは自分の犯行を意識していないのだ。実際この男は、犯人はもしかしたら自分かもしれないと思っているふしがあって、それは刑事の私も同じだった。だからこそ、ここにつれてきたのだ。しかし、自分がやったということに確信が持てないような感じで、それは演技とは思えず、そうなると、やっかいではある。この探偵が犯人だとすると、こいつ自身は意識していないもう一人の、いまはこいつが意識していない、別の人格のこいつを逮捕しなくてはならない。それを立証するのは大変だ。まあ、過去にそのような例はいくつかあって、苦労はしたが解決してはいる。

俺は、何度もその謀殺課刑事に俺が疑われている理由を訊いたが、刑事が俺の問いに答え始めたのはデスクに落ち着いてからだった。

「どうして謀殺課が俺を疑っているのか、もう教えてもらえるのだろうな」と俺はあらためて訊いた。「なぜ、俺なんだ」

「おまえさんも探偵なら、疑わしい者はすべて調べられるのは承知しているだろう」と私は言ってやる。「被害者とおまえが関係していたのはわかっている。それは認めるか」

ほとんど犯人扱いだが、まあ刑事はみんなこんなものだろう。

「ああ」と俺。「俺の調査は、ＤＪによるものだ。ＤＪ以外には被害者とは接触していない。謀殺課は、どうして、おれと被害者のその関係を知っているんだ。依頼者が言ったのか」

「質問しているのはこちらのほうだ」

それはそうだ、と俺は思う。謀殺課がなぜ俺に疑いを持つのか、最初から俺が知っているなら、こんな仮想の場を作る必要などない。俺は、この場が自分で設定したものであることを努めて忘れるようにする。

「どんな調査をしていた」

「ある女がＤＪによる嫌がらせを受けていた。そいつの正体を探ってくれという依頼だった」

その女は、この俺の狭いが清潔な住まい兼仕事部屋に直接やってきて、調査依頼をした。ワンルームだが、来客用に仕切ったスペースは作ってある。その応接用のソファに腰を下ろし、『ＤＪの最中に、いやらしいことをする人がいるのです』と彼女は言った。『最初は耳元でささやく声から始まったのですが』

ＤＪの最中というのは、コンピュータに意識をジャックインしているとき、ということだ。だれかが彼女のＤＪ空間に干渉しているということで、それなら確かに俺の仕事になる。ただ、幻覚でそういう気になる人間もいるので、それは確かめないといけない。

『幻聴、幻視、ということもあります。ＤＪを使うというのは一種の幻想感覚を駆使することですから、本当に相手が存在するかどうかを確かめるのはとても難しい。ＤＪを日常的に使ういまの人間はみんな精神が分裂しているようなものですからね』

『もちろん、わたしも最初はそう思いました。最近疲れがたまっていましたし。サイコセラピストの診察も受けたのです』

『異常はない、と』

『少なくとも、脳の検査では。でも、妄想かもしれないし、そうでなくとも、気にならなくなるような治療は可能だと。そんなのはいやです。わたしは事実を知りたい。だからお願いにきたのです』

『なるほど』聡明な女だと俺は思う。『ではもう少し詳しくお願いします』

具体的にどんな嫌がらせなのかという話になると彼女は少しためらったが、なるほどこれは言いにくかろうと思える内容だった。

『性的なものです。ＤＪ空間での。現実世界では、ほかに実害と言えるものはありません。あれば迷わず警察に訴えています』

『敵は手加減を知っているわけだ。卑劣なやり方だな』

『ＤＪ犯罪を取り締まる機関もあるのに、個人のこんなことは受け付けてもらえないんですね』

『電警ですね。あれはＤＪ空間そのものに脅威を与えるような違法行為を調査する全世界的な機関組織ですから。国際電算網捜査警察機構、です。一般警察といえば、被害を証明できる事件でないと動かない。というか、動けない。で、俺のような探偵の出番になる』

これは俺の仕事だ、と言ってやる。

彼女は独身だった。男友達はいないが、女性の恋人はいた。その恋人と、コンピュータ空間で秘密の部屋を作り、そこで愛し合っていた。仮想の場所だが、ＤＪを使うとどんな部屋も作ることができる。居心地の良い部屋に、ふかふかのベッドを用意し、お互いの身体のデータをそこに出現させて、実際の身体に触れる感覚を交換することができる。いわゆる仮想セックスだが、こんなことはだれでもやっている。だれでもやれるのは、その仮想の秘密の空間をだれにものぞかれない、という大前提があるからだった。高度なデジタル暗号化技術が使われている。みんな、技術の内容は理解できなくても、秘密を知られたりはしないと信じているし、だからこそ使っているわけだった。信頼するに足る技術かどうかなど意識することすらなく使っているというのが正しいだろう。想像を絶する高度な技術が、意識されずに使われているのだ。思えばすごい世の中ではある。

そんな秘密の空間を力技で破るのはまず不可能だ。やろうと思えばできるのではないかと言う者はその暗号化技術のすごさがわかっていない。試しにやってみればだれにでもわかる。専門家が全精力を傾けて試みても難しいし、その努力に見合うだけの情報がそれで得られるのか、というのも問題だ。しかしこの世に絶対安全というのはない、というのもまた確かではある。だれかが、一生を賭けてでもというのは大げさにしても、しかしその覚悟で、この女と恋人の愛し合う秘密の部屋を見たいという人間がいないとは言えないし、その覚悟があれば、やれないとは言い切れない。

『とにかくいやらしい男だわ。あいつが出てくるので、わたしたち、安心して会えなくなった。いつも出てくるわけじゃないのがまたいやらしいの。黙って見ているだけなのかもしれなくて、そう思うと、だめなの』

『敵は男とは限らない』

『男よ。声も、感触も――最初は声だけだったけど、姿を現すようになって。レイプよ』

『DJではどんな仮想の身体も作れる。あなた方の、つまりあなたの恋人との関係を嫉妬する女が男になりきって嫌がらせをしているというのはありそうなことだ。心当たりは？』

『……ないわ。知っている限りではだけど』

『あなたの恋人には、そいつは見えない？』

『二人でいるときは、彼女にわからないように触ってくるのよ。それに気づいてぞっとする。彼女と会うといっても、完全に同時にジャックインする訳じゃないし、帰るときも、一緒という訳じゃないもの』

『敵の好みはあなたで、あなたが独りのときを狙うわけか。妄想だと思われることを計算しているのかもな』

敵がどうやって彼女たちの愛の部屋に侵入したか、その方法は二種類あり、それによって犯人像が分かれることを俺は説明した。

『まず、正面から高度な暗号バリヤを破った、というもの。これだと、かなりの時間と精力と知識と経験が必要で、これは可能性としては低い。だけど、もしそうなら、敵の狙いは本当にあなただけだ。他に被害者はいないだろう』

『ぞっとする』

『ま、それはないと思いたい。これだとすると俺にも歯が立たないかもしれない。電警が総力をあげて調査すべき相手だ』

『で、もうひとつは？』

『もうひとつは、偶然か、あるいは狙いを付けたのかもしれないが、暗号のキーを手に入れた場合だ。キーがわかれば、侵入は比較的たやすい。たやすいといってもそうは簡単ではないけれど。それから逃れるには、いまの秘密の部屋を放棄して、新たに作るしかない。そうすればキーを無効にされた敵は諦める。もしかしたらまた狙ってくるかもしれないけど、今度はキーを絶対に知られないように注意すればいい。抜本的な解決には、ＤＪセックスはやめて――』

『あの部屋を二人で作るには時間がかかっているし、彼女との思い出も詰まっている。それを捨てるなんて』

『できない？』

『やはり、それしか方法はないのかしら』

『敵は、あなたにはそんなことはできないと思っているか、そう決心すべきかどうかというあなたのその葛藤そのものも楽しんでいるんだ』

『まったく、嫌な奴。わたしは、あの部屋を諦めるにしても、とにかくそいつがだれなのかが知りたいのよ』

『わかりました。では、あなたのその秘密の部屋のキーを教えてもらいたい』

『どうするの』

『敵がやるように、俺も侵入するということです。ま、待ち伏せですよ、言ってみれば。張り込みです。敵に知られないように潜んでいて、敵が引き上げるところを追跡する』

『それでうまくいくのね？』

『やってみなければ、わからない。でも方法はそれしかない。それだけは確かだ。そして、チャンスは一度だけだろう。敵が現れるときには、こちらの存在を隠すことはできる。しかし敵が去るとき、それを追跡するのは、隠れていてはできない。一瞬にわかる。互いに、わかる。こちらは知られてもかまわないから、それが強みだ』

彼女は納得した。

準備には結構手間がかかった。キーがわかればその秘密の部屋の仮想空間に入り込めるが、しかしそこでの仮想世界をすぐに自分の感覚で共有できるというものではない。それは、未知の感覚世界に投げ出されるようなものだった。言ってみれば、上も下もわからない闇の世界に入り込み、目が慣れていく、というのに似ている。最初、敵が声をかけることしかできなかったのはそのせいだ。その前には、仮想の彼女の姿すら見ることはできなかったろう。慣れるうちに大胆なことができるようになっていったわけだ。

俺はそのレッスンを、オフラインにしたコンピュータで、その秘密の部屋のデータをそっくりコピーした空間で受けた。

悩ましい体験ではなかったと言えば嘘になる。たぶんおれが依頼者に性的な関心を持っていたからだろう。おれはそれをはなから隠したりはしなかった。セクシーだ、美人だ、という気持ちを隠す必要などない。だが、彼女の方は俺には性的な関心を持たなかった。寂しいが、そういう相手をなおも犯したいと思うのは一種の妄想で、自慰といってもいい。それに仮想の性的なパートナー像は、現実のその人の持っている情報にはかなわない。欠けたところが必ずある。仮想セックスを楽しむ人間にすれば、その敵を含めて、そこがいいのだろう。俺は反対に、それが面白くなかった。情報量の少ない仮想の相手と楽しむくらいなら、現実の女に振られている方がましだ。敵は、自慰の感覚で依頼者をいたぶっているに違いないが、俺はとにかく仮想空間でのセックスは趣味ではない。自慰だろうと性交だろうと現実の頭と身体で楽しむのがいい。食べることと同じだ。人工食材がどんなに本物に似せてあろうと、本物の方がやはりうまい。そんな俺だから、依頼者のその女は安心して自分の秘密の部屋に案内できたのかもしれない。ま、性的にはともかく、好意を持ってくれたのがわかった。

好意を持ってくれる依頼者とはいい仕事ができるものだ。そうでなければ、そのレッスンはただつらく苦しいものだけだったろう。
キーというのは要するにデジタル符号だ。それを片時も忘れずにアクセスしていないといけない。自分で設定したキーは自分の体臭のようなものですぐに意識する必要がなくなるが、他人のそれを使うとなると、まるで自分が数字の羅列に変換されていくかのようだ。その長い数列を覚えていないとその空間は消滅してしまう。感じられなくなるのだ。それは例えば、現実空間で右眼と左眼でそれぞれ計算された方向と距離に焦点を合わせ続けろと要求されるようなものだった。しかし、努力が実れば、秘密の場が現実のように立ち上がる。それは感動ものだ。敵の気分がそこだけは理解できる。
その仮想の空間の中で、依頼者の、その仮想像が立ち振る舞うのが見えるようになると、この壁は綺麗な花柄だったのに、あいつがこんな石の壁にしてしまったのだ、などと彼女は説明した。では俺はこの石壁になって張り込もう、と言った。
《もう一度、ここであいつに犯されなければいけないわけ？》
《正体を知りたければ》
《ここに押さえつけられて、着ているのをはぎ取られて、痛い目に遭うわけね。捕まるとあいつが満足するまで逃げられないし、痛いのよ、ほんとに。現実に戻っても痛いくらい。あれがわたしの妄想だなんて、サイコセラピストはどうかしているわよ》
《妄想かどうか、やればわかる》

《そうね》

と彼女はうなずいた。そしてそれは確かに、彼女の妄想などではなかったのだ。

予想通り、勝負は一瞬でついた。収穫は予想以上だった。気の入れようが奴と俺とでは違うから当然だろう。こちらは仕事生命を賭けているし、下手をすれば実際の命も危うい。意識が飛んでそのままということもあり得る。敵のほうは、ある程度警戒していた形跡はあったが自動警報や自動防御などというシステムは用意していなかった。できなかったのだ。他人のキーを使う場では。

敵が完全に自分を隠す前に、俺はそいつの住所、氏名、年齢、職業などだけではなく、普通では得られないレベルのデジタルデータをもつかむことができた。奴は今回の依頼者の他に六つの、この男のものではない他人のキーを隠し持っていた。被害者は最大七人いることになる。なんて奴だ。そのキーでなにをしていたか、だいたい想像がつく。だれにも知られないのをいいことに、やりたい放題だったろう。しかも、他人のキーを勝手に使うのは犯罪行為には違いないが、それを立証するのはおそろしく困難ときている。この男の被害者の中には、この男に死んでほしいと本気で願っている者もいるだろう。なのに、こいつは現実には普通の顔をして生きているのだ。素知らぬ振りをして。

短いがけっこう激烈なＤＪ場での戦いではあった。やろうと思えば、その間に勢いに任せてこいつのＤＪシステムを破壊することも俺にはできた。が、そこまでの依頼は受けてはいなかったし、やれば犯罪になる。そんなことをしなくても、こちらがつかんだデータはどこにも逃げられない。

脳みそが発火しそうな集中力を駆使する戦いから解放された俺はベッドに倒れ込んだ。良い報告ができると満足して。

依頼者がこの俺がつかんだ情報をどう使うかは、おれにはどうでもよかった。それは彼女が決めることだ。おれはそのまま失神するように寝込んだ。で、おれが起きたとき、奴のほうは、永久に起きられない身体になっていたというわけだ。

「なるほど」と刑事の私はうなずいた。「おまえは、その依頼人に、二度と嫌がらせはできなくなったことを納得させるために、彼女を喜ばすために、死体をあのようにディスプレイしたんだな」

「そんなサービスはしない。割に合わない」

「おまえは彼女に好意を持っていたんだろう」

「まあな。しかし、自分のほうがかわいいさ」

「おまえは騎士ではない、というわけだ」

「なんとでも」

「おまえは、依頼者を疑っているわけだな。謀殺課にたれ込んだのは、彼女だ、と思っている。最初から彼女は、被害者を知っていたのではないか、と」

「……なんだって？」

これは思ってもみないことだった。しかし、そう考えれば、謀殺課が俺に疑いを持ったことの説明が付く。

「なぜ、彼女がそんなことをするんだ」

「不良ＤＪ探偵の内偵だよ。電警の仕事だ。彼女は、電警の囮《おとり》捜査をしたのかもしれない。囮捜査をする捜査官の身分は極秘だ。謀殺課にも明かされない。しかし、こういう事件になると、電警は情報を謀殺課にも提供する」

「ううむ」と俺はうめく。

確かに電警の支援がなければ、謀殺課には俺と被害者の関係はわからないだろう。彼女が捜査官かどうかに関係なく。物証があるなら、こんな取り調べにはなるまい。

「電警とはな。自分がその内偵を受けるような大物とは知らなかったよ」

「それがおまえの失敗というわけだ。電警の存在を忘れているとはな」と私は言いつつ、なんとまあ不敵な奴だろうと、あきれる。「だいたい、ＤＪ探偵をやっていれば、電警にマークされていると思うのが当たり前だろう」

電警というのは物理的な距離や時間が意味を持たないＤＪ空間での重大犯罪を取り締まるために組織されている。一般警察とは別の全世界的な広域組織だが、地元の警察とは密接な協力関係にある。コンピュータに手も触れないで生きている人間にはそんな組織は存在しないに等しいが、世界広しといえどもそのような人間はまずいないだろう。こいつのようなＤＪ探偵にしてみれば、一般警察よりも身近に違いない。常にマークされている。それを意識しているのは当然ではないか。

それはそうだ、と俺はうなずく。忘れていたわけではないが、やましいことをしているという意識はなかったから、気にしなかったのだ。

「いや、それはない」と俺は言った。

「なにが」と私。

「電警の内偵を受けていたのは、俺ではない。奴のほうだ。奴は俺も手こずるほどのＤＪサーファーだった。内偵を受けても当然というデータを持っていた。そう、おそらく間違いない」

「だから？」

「電警が内偵をしていたとすれば、俺が奴とＤＪ空間で接触したのはわかるだろう。見張っていたんだから。しかしこの事件の犯人となれば、疑わしい者は大勢いる。電警が提供したリストは膨大なものだろう。しかも犯人は必ずしもその中にいるとは限らない」

「それで」

俺には刑事が俺に喋らせて尻尾をつかもうとしているのだとわかったが、その尻尾があるなら俺自身、見てみたかった。真実が知りたい。探偵の性《さが》だな。たぶんこの刑事も同じだろう。優秀な刑事のようだ。

「犯人は俺ではない。俺には動機がない」

「ではだれだというんだ」

「俺に濡《ぬ》れ衣《ぎぬ》を着せようとしているやつだ」

「電警だというのか」

「電警は、やるまい。内偵中の者を殺されて頭にきているだろう。手がかりを消されて。犯人は、電警のリストを見ることができた者だ。最初に、俺が怪しいと指摘した謀殺課の人間。犯人はそいつだ」

「馬鹿げている」

いや、そう考えれば、そうとしか思えなくなる。

「ま、あんたが答えなくても、謀殺課の人間なら、それがだれかは、わかるわけだ。動機は、電警を見返してやりたかった、というところだろう」

謀殺課と電警の関係は詳しくは俺にはわからないが、犯人は、まさしく電警に死体を見せつけたかったのだろう。ＤＪを不正に使っていた被害者にも、おまえは現実世界をなおざりにしているからこういう目に遭うのだと知らしめたかったのかもしれない。電警ばかりが脅威なのではない、現実に身体を切り刻まれる危険を忘れている馬鹿者め、ということだ。それが実によくわかる現場ではないか。頭でＤＪをやるだけが人間ではないのだと知らしめているような死体の様子だ。だが、俺にはそんなことをする動機はない。他人がどう生きていようとどうでもよかった。むしろこういう奴がいるから俺の商売が繁盛するわけで、依頼者には悪いが、長生きしてくれたほうが都合がいい。俺ではない。

犯人はこいつだ。この刑事は、自分がやったことを意識していないのだろう。

それを仕事がら俺は身にしみて感じている。自分がＤＪ中になにをしていたのか調べてくれという依頼はけっこうある。だからこそ、最初はもしかしたら俺かもしれないと疑ったのだ。ＤＪを使っているとそんな一種の記憶喪失感につきまとわれるのは日常的なことだ。映画を観たあとまだ主人公の感覚が残っていて、しばらく自分が自分でないような感覚になるのに似ている。観ていた間の自分の身体は意識にはない。だが、コンピュータ空間は映画ではない。あれは仮想ではない。現実そのものだ。コンピュータ空間での自分が、これは仮想だと信じている殺人行為を実行する場合、その意識が現実の場にある自身の身体を実際に操って人を殺し、ＤＪ接続を切って戻っても肉体上の意識はそれを感知していない、ということはあり得るのだ。

俺は席を立ち、ドアのノブに手を掛けた。

「どこへ行く」

私は驚いた。こいつ、なにを考えているのだ。

「どこへって、帰るんだよ。俺は自分が犯人ではないとわかった。だから帰る。文句あるか」

「なにを言っている。訊きたいことはこれからだ」

「あんたは、自分を疑え」

「むろん、疑ったさ。疑わしい刑事は、捜査から外されている」

「……なんだって？」

「探偵は一人だろうが、刑事は一人だけではない。わからないのか？　私は、自分ではないとはっきりしているから、こうして取り調べているんだ。おまえが白状するまで、私は諦めない」

ドアはロックされていて、開かなかった。なんてことだ。俺はあまりに強力な仮想場を作ってしまったらしい。

「まあ、座れ」

と私は言ってやる。ＤＪ犯罪は本当にやっかいだ。自分のやったことを意識しない奴には、物証を突きつけてやるのがいいのだ。するとだんだん思い出すものだ。いまは、しかしそれが、ない。同僚がそれを発見するまで、引き留めておいてやる。下手に出すと、自殺しかねない。内なる自分自身が、その犯行に気づき始めた者を殺す可能性がある。私も注意しなくてはならないが、それより、犯人はこの探偵を殺すかもしれないのだ。つまり形の上では自殺だが、意味は違う。こいつの内なる犯人が、自身を守るために、やるのだ。

「やめてくれ」

俺はドアをたたいた。その感触はリアルだ。これを開いて外に出ることで、俺は現実に戻るように設定していた。だが、まさかロックされるとは予想していなかった。そんな設定にするはずがない。なにが起きているのだ。このままでは現実の身体に意識が戻らない。DJ空間と現実空間との時間の感覚は異なる。ここでの一時間は一日かもしれないのだ。俺は、餓死する危険がある。

「出してくれ」

ドアをたたき続ける探偵を見ながら、犯人はこいつだ、と私は確信する。しかし、動機がわからない。ま、いいさ、と私は思う。じっくりと思い出させてやる。時間はたっぷりあるのだ。こいつをここから外に出せる者はだれもいないのだから。

Ⅳ

俺は白い部屋で意識を取り戻した。まだあの取調室かと、俺は身体を起こしかけると、だれかに止められた。

「気がつきましたか」

「どこだ」

看護婦だった。病院か。点滴の針が右腕に刺されていた。それを見るために首を動かすのも大変だった。起きることなどできない。身体が衰弱しきっているのがわかる。その看護婦は、医師を連れてくると言って出ていった。

しばらくしてやってきたのは医師だけではなかった。いいスーツを着た男だ。薬屋のプロパーかと思ったが、違う。その男は、医師が簡単に俺の診察を済ませると、出ていてほしい、と医師に言った。

「長引くのは困る」

「わかっています」と男は言った。「そう時間はとらないと思います」

謀殺課か、と俺は言う。

そうだ、と私は答える。実に危ないところだった。こいつに自殺されてしまうところだった。

「俺を助けてくれたのは、謀殺課ではないだろう。おれの部屋に最初に来たのは。だれが助けてくれた」

「あんたに調査を依頼していた女性だ。調査結果を知らせる連絡がないので、彼女の方から出向いたんだ」

「鍵が掛かっていたろう」

「電磁ロックは解除されていた。あんたはＤＪ中だった。それを使って、ロックを解除したんだ。脱水症状でミイラになりかけていた。最後の最後に自殺を断念したんだな」

「俺が。自殺だって？　なぜ」

「あんたが、ＤＪを使って取り調べをシミュレーションしていた、あの内容データを見せてもらったよ」

「違法だ。簡単にできるはずもない」

「電警の技術屋さんに手助けしてもらった。家宅捜査もやらせてもらった。家宅捜査令状はちゃんととったよ」

「被疑者不詳でか」

「あんたと話ができていたら、そういうみっともないことはしなくてすんだんだがな。調べ始めて、すぐにちゃんとあんたを被疑者として請求しなおしたよ。逮捕状もとれた」

「証拠はあるのか。俺がやったという」

「ショックは与えたくないが、まあな」

「俺にはわからんな。いちばん疑わしいのは謀殺課刑事だ。あの仮想データを見たなら、わかるだろう」

「ああ」と私はうなずく。「確かに、電警のデータを知っている者である可能性はあった。被害者が電警の内偵を受けていたのも、事実だ。あんたはそれを知っていて、自分が疑われても言い逃れができると思って、犯行に及んだのかもしれないな。でも、現実はそうは甘くはない。いまのあんたが思っているとおり。そうだろう？」

「依頼人の女は、俺が調査して突き止めた男が、あの事件の被害者だと知っていたのか」

「知らなかったが、あんたがやったのかもしれない、と警察に言ったんだ」

「……どうして」

「包丁だよ。あんたの部屋に包丁がたくさんあった、というんだ」

「あるさ」

「飾るようにして、台所の壁に掛けてあったと、彼女が言ったのはそれだけだが、こちらとしては、どんな情報でも欲しいところだ」

「……なくなっていたのか」

「いや、たぶん、なくなってはいない。あんたはだれにも気づかれないように新しいのを買ったんだろう。現場にあったのは、被害者のものではない。彼は料理なんかしなかったんだ。包丁もまな板も持ってはいなかったという証言があった。ま、そうだったろう。いまどきそんな人間は珍しくもない。だが、あんたは違う。料理が趣味なんだ」

「そんなことだけで、俺がやったことだと言うのか」

「もしかしたら、犯人が料理を趣味にしていたらと気づかされて、死体をもう一度詳しく調べたんだよ」

私はあまり思い出したくなかったが、犯人にはよく思い出してもらいたいと、説明した。

「バラバラの身体各部をつなぎ合わせても、わずかに足りない部分があることがわかったんだ」

「なんてことだ……」

「死体の切断面は実に綺麗だった。あんなふうにするには、切り落としが出るということにもっと早く気づくべきだった。それは現場には残ってはいなかった。捨てられたのだとしたら、発見はまずできないだろう。しかし、犯人の目的がまさにその切り落としだとすれば、探せばあるかもしれない」

「あったのか」

「ああ。あんたの台所の冷蔵庫に」

俺が、自分が疑われると気づいてまずやらなければならなかったことは、それを食って物証を消してしまうことだったのだ。現実の俺は、無意識の自分の犯行に思い当たってそんな犯罪など許せないと思ったのか。とにかく、あわててなにがなんだかわからなかった。しかしなんて奴だ、そんな自分が本当に俺の内部にいるのか。

「ちょうど食べ頃だったな。惜しいことをした。血はうまいソースを作るのにかかせない。血入りプディングもうまい」

ふと口に出た言葉に俺はぎょっとする。主目的は、血だったのか。

「……違う、いまのは、俺じゃない」

「意識できない、真犯人の声だ」私には、それがわかる。こういう状態はいまの世の中、珍しくないのだ。「恐がらなくてもいい。犯人には手出しはさせない。見張っていてやるよ。治るまでな。あんたは自分で犯人を捜した。よくやったよ。治癒も早いだろう。まったく、犯人に殺されなくてよかったんだ。助けてくれたあの人に感謝すべきだろう」

依頼者のあの女にか。彼女の勘に救われたのか、追いつめられたのかは、微妙なところだ。あの依頼がなければ、こんな目に遭うことはなかったわけだし。どんな職業にも危険はつきものだが、これはひどすぎる。悪夢を見ている気分だった。

もしかしたら、この状態も俺の作った仮想場かもしれないと俺は疑った。が、現実もこれとたいした違いはないだろうとも思う。もっとひどい悪夢に入り込むよりはこのほうがましだと思いつつ、俺は疲れはてて目を閉じた。

ウィスカー

1

みんながぼくを嫌う。どうしてだかぼくにはわからない。

ママは、人の嫌がることはしてはいけないって言う。そうすれば嫌われることなんかないって。ぼくはずっとその言いつけを守ってきた。幼稚園のころから、ずっとだ。幼稚園のころは、そういうママの言いつけがよくわからなかったけれど、忘れたことはなかった。だから、そんなには嫌われてなかった、と思う。だいいち幼稚園のころは、同じ年頃のみんなから嫌われたくないなんて、意識してなかったんだ。

でも、たぶん、それだけではだめなんだ。なにがだめかっていうと、嫌われないためにはたしかに他人の嫌がることはしてはいけないけれど、そうしてさえいればみんなから好かれるわけじゃないってこと。

ぼくはもう幼稚園児じゃない。嫌われないだけでなく、みんなから好かれたいんだ。それなのに、好かれるどころか、嫌われている。以前はそうでもなかったのに、最近は、はっきりと、嫌われているのがわかる。なにも悪いことはしていないのに。

いまクラスでは、中学校に進学しても同じ組に入れるといいね、という話題でもちきりだ。いまの仲良しグループがばらばらにならないで来年も続くといいってことだ。

ぼくもいちおう一つの仲良しグループに入ってる。鎌本繁《かまもとしげる》という幼稚園時代からの友だちを中心にした七人組だった。べつに、いつもその七人だけで遊んだり、他のグループの人間とは話したりしない、なんていう結束のかたい集まりじゃないし、ほかのグループにしてもそうなんだけど、いちばん親しい仲間ということで、ここに入れてもらえなくなったらぼくには気兼ねなく話せる友だちはだれもいなくなる。だからぼくはここでは嫌われないように気をつかってきたんだ。

ボス格の繁は幼稚園のころから体格がいい男の子で、喧嘩も強かった。ぼくは喧嘩は嫌いだった。弱虫、とよくシゲちゃんはぼくのことを笑った。でも友だちだった。いまは、繁のことは、シゲちゃん、とは呼んでいない。そう言うと、繁が怒るから。怒る繁はこわい。でもその相手がぼくでなければ、心強かった。ほかのあまり親しくないクラスメートとちょっとしたいさかいが起きたりしても、そばに繁がいるときは、ぼくはいじめられたりはしなかった。ぼくにとっては同じ年だったけれど兄のような感じだった。たぶん繁にしてもぼくは弟のようなものだったんだ。ぼくは一人っ子だったので、本当の兄弟というのがどういうものかわからなかったけれど、小さいころは強くて頼りになる兄がいればいいのに、とよく思った。ぼくにとってシゲちゃん、繁は、そんな兄のかわりだったんだ。

　そんな繁が、ちかごろそっけない。ボスの繁がそうだから、ほかの五人のみんなも、ぼくによそよそしい。どうしてなんだ。訊いても繁は答えてくれない。心を読んでも、よく見えてこない。たぶん、繁自身にも、ぼくのことが嫌いになった原因が、わからないんだ。そうとしか思えなかった。だって、心を透視してもわからないんだから。

　子供ならだれでも、心で話し合うことができる。精神感応という能力だ。子供にはみんなある。だけど大人になると消えてしまう。

　そういう力は、大人に言わせると、精神が未熟な証拠なのだという。子供は弱い存在だから、そうした能力がないと生きていけないってことらしい。たぶんそのとおりなんだろうとぼくは思う。精神感応の力は、仲間に嫌われないためには必要だ。とても。ぼくは、その力が、たぶんほかの子供たちより強い、そう思う。それなのに。いま嫌われている原因が、見えてこない。繁やこの仲良しグループだけじゃない、みんなが最近はぼくを避ける。嫌われているんだ。みんなが嫌がることなど、なにひとつしていないというのに。

　ぼくのなにがいけないっていうんだろう。

　繁にも嫌われたぼくには、相談できる味方がだれもいない。ママは、味方だ。いつだってそうだった。でも、ママにはぼくの気持ちが、読めない。味方でも、どうしようもないんだ。だけど、そもそも、ママは、ぼくのことが、あまり好きじゃなかった。味方なのに、ぼくのことが嫌いなんだ。とてもへんだとずっと感じていたけど、ママの心を読むたびに、そうなんだ、ママもぼくを嫌っていると感じて、悲しくなる。だから、好かれるようにとぼくは一生懸命だった。幼稚園のころから、ううん、もっと前から、たぶん生まれたときから、ぼくはそうしてきた。ママは味方だ。でもぼくを嫌う。これがぼくにはわからなかった。いまも、わからない。大人の心っていうのは、みんなそうだ。読めるけれど、理解できない。

ぼくには大人がわからない。そのうえ、最近は、子供のクラスメートの考えていることも、わからなくなってきている。なぜ、嫌われるのだろう?

学校に行くのが、たるくてしかたがない。でも行かないと、ママが心配する。ママを心配させるのはいけないことだ。ママが困る。ひとが困ることをしてはいけないんだ。

ぼくは朝、寝床でぐずぐずしている。起きたくない。枕元に手をやると、いまのぼくの唯一の友だち、ウィスカーが優しい感触で心を慰めてくれる。ウィスカーは小さな、うす茶色の毛玉だ。色は茶色だけど、ちょうど、ケサランパサランという、白粉《おしろい》を食べて増えるという、繁が話してくれた未知の生き物に似ている。ぼくはこれを半年前に、ママの化粧台の抽斗《ひきだし》の中で見つけた。貝細工の小さな箱に入っていた。なんだかわからないけれど、とてもかわいい。この謎の物体のことは、繁に言った。なんだろう、って。そのときは、まだ繁はよそよそしくはなかったんだ。でもママには言わなかった。たぶん言えば、返せと言われるだろう。でもこれに触れると、とても懐かしくて、安心できるんだ。取り上げられたくなかった。だから、ママには黙っていた。

繁は見せてくれと言ったけど、ぼくは見せなかった。化粧台から見つけたなんて、女女《めめ》しいおまえらしいぜ、女みたいだ、と繁はぼくのことをあざ笑った。たぶん繁のいうとおりだ。ぼくはママのそうした道具や化粧品の香りが好きだ。それに興味があることはママも知っている。あまりいじってはいやよ、というけれど、強く叱られたことはない。ちょっとだけこっそりと口紅を塗ってみたこともある。だけど、ウィスカーを見つけてからは、ママの部屋には行っていない。化粧道具よりも、ウィスカーのほうが大切になった。これがもしケサランパサランなら、白粉を入れないといけないのだろう。でも、これはそんな生き物じゃなさそうだ。だいたい箱には白粉なんか入ってはいなかった。綿の布団にくるまっていたんだ。そういえば、他に、カードが入っていた。当銀直見《とうぎんなおみ》というぼくの姓名と、それから日付とが、墨で書かれていた紙だ。日付はぼくの誕生日と同じだった。これはぼくとなにか関係があるらしい。でもこいつは直見ではない、ぼくではない。名前が必要だ。なんだか猫のような感じがしたので、ウィスカーという名前をつけた。絵本に出てきた、なにもしないけれどそれだけで愛されている猫の名前を思い出したから。

ウィスカーは猫じゃない。これは、なんだかわからない。なにをしてくれるでもない。

でも触れると安心する。ぴったりの名前だ。ウィスカー。

ウィスカーのことをママに言っていないのは、ママが猫嫌いだということもある。ずっと前、野良猫に餌をやったのを見とがめられた。餌をやらないとかわいそうだと思ったのだけれど、ママは、猫は勝手に餌を取り、そうでなくてもあちこちから餌をもらっているのだから必要ない、だいたい猫なんて恩知らずで嫌いよ、と叱られたんだ。でもぼくは、好きだ。ママには悪いけど。温かくて、ふわふわだ。これは生きているんだ。見つけた最初のころは、ぼくだってウィスカーが生きているなんて思わなかった。でもそれはだんだん大きくなっている。これは確かに生き物だ。気のせいかと思っていた。繁に話したのは、そのころだ。いまはもう、だれにも言っていない。繁と仲良しのままだったとしても、ぼくはこのことを絶対に言わなかったろう。こんな面白いものを繁が見逃すはずがなくて、取り上げられるに決まっている。いまは繁はぼくのことをシカトしているから、そういう面ではかえっていいのかもしれない。繁たちに無視され、みんなから嫌われていても、ウィスカーがいればそれでいい、と思う。でも、一日中この寝床でウィスカーをなでているわけにはいかない、それが問題なんだ。

きょうも学校へ行かなくてはならない。なんであんなとこ、行かなくてはいけないのだろう。みんなと楽しく遊んだりしゃべったりできないなら、行く意味がないじゃないか。

『なあ、ウィスカー?』

ぼくはちかごろ、ウィスカーに話しかけるくせがついてしまった。しゃべるわけじゃない。精神感応でだ。口で話すとママに聞かれて、なにをぶつぶつ言っているの、ととがめられそうだから。ウィスカーはこたえない。猫がしゃべらないのと同じことだろうと思っていたので、べつにそれでもかまわなかった。なでているだけでいいんだ。

ああ行きたくない、でもぐずぐずしているとママが起こしにきて、叱られる。いやいや起きて、パジャマのままでウィスカーをそっと手のひらにのせる。猫の毛のように細くてやわらかい毛でおおわれている。大きくなった。猫の頭よりちょっと小さいくらい。ほんと、猫みたいだ。ぐりぐりとなでる。すると、なにか堅いものに触れた。なんだろう。いままではなかったのに。

ひっくりかえしてみると、ウィスカーの毛が茶色から白くかわっている部分があった。そこから、銀色の細いしなやかなアンテナのようなものが伸びていた。二本だ。

『行きたくないのなら、行かなければいい』

ぼくは驚いて、思わずウィスカーを握りつぶしそうになった。たしかにウィスカーはそういった。精神感応だ。このアンテナみたいなやつを使って話しかけてきているんだ。きっとそうだ。

『そうとも』とウィスカーがいった。『アンテナだ。ヒゲさ』

『きみは、だれ』

『ウィスカー』

『行かなければいいって……ウィスカーが助けてくれるの？』

『そんなことは知るもんか』不機嫌な感覚が伝わってくる。『行きたくなくても行くというのは、けっきょくは行きたいってことだ。本気で行きたくないと思うなら、そうしているはずだ。おまえはまったく子供だよ』

『だって、ぼくは子供だもの』

『不自由でかわいそうな生き物だ。同情はしない。わたしは自由だからな』

『きみは……猫だね』

ウィスカーは、違う、といった。でも、やっぱり猫だ、これは。自由で気ままな生き物だ。このアンテナはヒゲだっていったじゃないか。そうだろ？

ウィスカーはこたえなかった。でもこれは、やがて、完全な猫になるに違いない。絶対だ。

『ねえ、そうなんだろう？　もっと話してよ』

ウィスカーは、もうなにもいおうとしない。

手のひらのそれをぼくは見つめた。いまの出来事は本当だったのかな。精神感応のやりとりは、自分自身が心で思い浮かべた想いと区別がつきにくいものだから、いまのはウィスカーが話しかけてきたと思っただけで、もしかしたらぼく自身の心の声なのかもしれない。そう疑ってみたけれど、だけどあんなこと、ぼくは思ったこともない。あれは、ぼくの声じゃない。ウィスカーのものだ。

それに、アンテナはたしかに伸びていたし、その周囲の毛も白い。それらが消えてもとにもどっていればいまのは夢だと思えるけれど、そうじゃない。ウィスカーは生きているし、成長しているんだ。たぶん、猫になる。常識ではこれが猫であるはずがない。でも、やがて猫になる、そうぼくは確信した。そのときウィスカーはぼくのもとから去っていくだろう。猫は気ままな生き物だから。

ふいに涙が浮かんだ。

はやく起きてきなさい、というママのいらいらした声に呼ばれるまで、ぼくはずっとウィスカーをなでつづけた。

2

このところ一人息子の直見が元気がない。

最初は風邪かしらと思ったのだが、そうではなかった。学校でなにかあったらしいと思い、そう訊くと、みんながぼくを嫌っている、という。いろいろ訊くと、どうやらそれは漠然とした直見の思いであって、積極的にいじめられているというわけではなさそうだということは、わかった。それでひとまず安心したのだが、息子を落ち込ませている真の原因というものがわたしにはつかめなかった。

母親なら仕事の時間を割《さ》いてでも息子を護ってやらなくてはと思うのだが、現実には忙しくて思うようにならない。もちろん衣食住に不自由はさせていないのだが、でもそれだけではだめなのだ。

わたしはどんなに忙しくても、朝食は作る。パンとマーマレード、サラダに卵料理、わたしはコーヒー、息子はミルク。毎朝決まり切ったメニューだが、わたしはこれでなんの不満もない。朝からご飯物なんか食べる気がしない。でも、息子はどうもそうではないようだった。二三日前に直見は朝食中に、繁の家の朝食は、ご飯とみそ汁なんだって、と言った。繁の父親がそうでなければいけないというのでそうなのだそうだ、と。そういえば男はだいたいそういう感じだな、とわたしはそのとき思った。わたしの父親もそうだった。男性はあるいは女性よりも、塩分を余計に必要とするのかもしれない。男のほうが女よりもパン食ではなくみそ汁にご飯を好む傾向にあるのは、単に郷愁をさそうからというのではなく生理的な欲求なのかもしれない。そんなことを考えていると、直見がつぶやいたのだ、いいなあ、と。それでわたしは、わたしの用意する毎朝の食事内容に直見は不満に感じつつ、我慢していたらしいとそのとき初めて気づいたのだ。これまでなんの文句もなく食べていたというのに。

いやならいやだと言いなさいよ、とわたしはつい怒ってしまったのだった。そこは、忙しいから二種類の食事の用意はできないので妥協してほしい、と説明すべきところだったのだ。直見自身は承知していたろう。忙しい母親に余計な手間をかけさせてはいけない、と。でも、ふと繁の朝食のことを想像して、それもいいな、と思ったことを口にしただけなのだ。それなのに、わたしは、そんな息子の気持ちを汲み取ることをせず、頭にきてしまったのだった。そんなのは母親として失格だ、ちゃんとした母親の役割を果たしていない、と思うと、焦りがつのる。そのいらいらした気持ちを当の息子にぶつけてしまうこともよくあって、それがまた自己嫌悪をあおる。悪循環だ。

わたしには、そろそろ思春期を迎えようとしている息子の気持ちがよくわからない。あるいは、わかりたくないとわたし自身が思っているのかもしれない。そんなわたしの心を精神感応力のある直見は感じとり、恐れているのかもしれない。

でも、子供のその能力は、大人の心を理解するには不完全だ。自分の子供時代を思い起こせば、それはたしかなことだ。子供は他人の心を感じとれるが、複雑怪奇な大人のその意識や無意識の内容を、理解することはできない。他人の気持ちを理解できる能力と、心を読める能力とは別物なのだ。だから大人にとって子供のその力はなんら脅威ではない。大人になるに従ってその子供の能力は消えてゆく。必要がなくなるためだ。

そんなことはわかっている。わたしはその方面の専門家なのだから、当然だ。それでも、ときどき、わたしは自分の心の内を直見に読まれているのではないかと怖くなることがある。

実はわたしは、女の子が欲しかったのだ。それを意識したのは直見が生まれてからだったが、さほど強い欲求だとは思わなかった。もっと早く気づいていれば、実現することもできた。

直見には生物学上の父親はもちろんいるが、家庭における父親はいない。わたしがそうした。精子バンクで優秀な遺伝子を持ったものを選び、それを買った。望めば性別の選択操作もそこでできた。だがそのときは、そこまで深くは考えなかった。わたしは賢くて美しい子供を望んだ。それが実現するならば性別は自然に任せてもいい、そこまで操作するのはいきすぎだと、そうすることに後ろめたさを感じたようにいまなら思える。だが間違いだったと直見を生んでから後悔した。

結婚せずにそのようにして子供を作るというのは現在でも一般的ではないが、少子化対策の一環として社会的には認知されている。道義的にはなんの問題もないし、むしろ社会はそうした優秀な子供こそ次世代を担う者として望んでいるはずだ。わたしはそう信じていたし、その点ではいまもそう思っている。問題は、わたし自身の気持ちだ。

わたしは男というものが嫌いだった。正確に言うなら軽蔑していた。粗野で野蛮、体力を誇示して女をものにすることしか頭にない。ようするに動物的だ。大地に根を下ろした植物的な落ち着きと安らぎというものとは無縁の生き物。むろんすべての男がそのように振る舞っているわけではないし、女のなかにもわたしの嫌いなタイプの人間はいる。だけど男性が持っている粗暴な面、そういう生物として備わっている攻撃的な性質というものを、自分にはない好ましいものであるとして、それを受け入れるということがわたしにはできなかった。そうなったのは、わたしの母親の影響だ。母は三人姉妹の長女で、男兄弟はなく、その父親も男としての存在感が薄いひとだったらしい。ようするに母親は、人間というのはみんな、つまり男というのも、みな周囲にいる女とたいした違いはないと思って育ったのだ。実際に男と近しく出会ったとき、母はそのたくましさに惹かれるというよりは理解できず、むしろ恐れを感じたはずだ。

男って女女しいくせに、空威張りするのよね、と母は幼いわたしによく言った。本当は弱いのに大声を出してなにごともねじ伏せようとする、とか、言語コミュニケーション能力に劣っている、とか。まさにわたしの父親はそのとおりの男だった。手こそ上げることはなかったが、いいところなしだ。そういう環境で育ったわたしが、男というのはそんなものなのだと思いこみ、軽蔑するのも無理のないことだった。

とはいえ、わたしだって人並みの男性経験はしてきた。結婚してもいいという相手もいた。母親のその影響もあって、みんな知的で物静かなタイプの男たちだったが、どうしても結婚に踏み切れなかったのは、結婚は割に合わないと感じたからだった。知的といえば聞こえはいいが、本物の知性には本来ずるがしこさという要素はないはずだ。それも知的能力のひとつだとしても、わたしが尊敬する知性とは違う。付き合っているうちに相手の狡猾《こうかつ》で計算高い結婚観が知れると、わたしの恋心は醒めた。

男はいらない。何度か傷ついたあとわたしはそう決心した。いまなら、世の男はみんなろくでもない人間だ、などとは思わない。ようするにこれまでのわたしは男運に恵まれなかったということなのだろう。でも、わたしは男をあきらめても、子供は欲しかった。子を生めるという自分の女としての能力までも否定したり放棄するつもりはなかった。

男は嫌いだ。そういう思いは直見を育てる上でも影響した。無意識のうちに、わたしはたぶん直見は女の子のように育ってほしいと思っていたに違いない。男の子なのに女の子の格好をさせるとかいった非常識な真似こそしなかったが、いわゆる腕白小僧が興味を示す刀や銃のおもちゃ、攻撃的なゲームといったものは、直見が欲しがっても買い与えなかった。直見はだだをこねることもあったが、ママは人を傷つけたり殺したりする道具は嫌いだ、と諭《さと》すと納得した。そのかわり、息子がわたしの化粧に興味を持ったり、人形遊びなどという、女の子が関心を示すようなことにはあえてなにも言わず、好ましいことだという態度をとって、わたしも一緒に遊んでやったりした。

子供にとって母親の価値観は絶対的なものだ。それを受け入れなければ自分の存在も否定される。わたしが直見にやったことは一種の精神的な去勢といってもいいかもしれない。が、わたしは意識して息子を女性的に育てようとしたわけではない。もっと残酷な動機だ。男の子など作らなければよかったという気持ちでもって、息子の男性性を発現させまいとし、しかしそれでも真の女にはなれない息子の存在を疎《うと》ましく思った、つまりその存在そのものを否定していた、ということだ。

最近直見が落ち込んでいるのは、そんなわたしの心を感じとっているせいかもしれない。わたしはそれを恐れた。直見にとって、わたしに疎まれている、嫌われている、存在そのものを否定されている、などというのは重大な、自己存在を脅かす危機的な状況だ。なにも精神感応力があろうとなかろうと、わたしの態度からそれがわかるだろう。しかし、なぜそうなのか、という理由は理解できないだろう。わたし自身にしても、この気持ちはとても複雑で、他人には言葉でも、精神感応を使えたとしても、とてもわかってもらえそうにない。

わたしは決して直見を愛していないわけではないのだ。もし直見を失ったならばわたしは慟哭《どうこく》し、自分も死ぬかもしれない。わたしにとって直見はわたし自身にも等しかった。それは母子分離ができていないということで、ならば、直見を否定しているのはわたしが自身の存在を自己否定しているということに他ならないのであって、自己評価を高めることでそれは克服できる。そう自己診断してわたしは努力してきた。だがまだ子供の直見には、こうしたことはなかなか理解できないだろう。単に母親に嫌われている、としか思えないだろう、そう思われることが、怖かった。

もっとも、こういう事態は直見にとっては生まれたときからそうなのであって、ほとんど母親失格のわたしがどんなに残酷な仕打ちを息子にしてきたかと思うと言葉もないが、いまの直見は、母親のわたしをどう思っているのだろう。いま息子を沈ませているのは、このことが原因なのだろうか。

わたしにはどうもそうとは思えなかった。わたしは変わりつつある。できるだけ優しく息子に接するように努力してきたが、最近はさほど意識せずともそうしているはずだ。

わたしを変えたのは一人の人間との出会いだ。やはり人間はひとりでは生きてはいけない。支え合う相手が必要だ。心も身体も隠さずに開いて、それで喜び合えるという相手が。だから女は男を、男は女を、求める。単純なことだ。それを実感できるようになるまで、わたしはなんと遠回りの道を歩んできたことだろう。でも無駄ではなかった。この道の行く手は袋小路ではない。

わたしは息子に、いま付き合っている男がいて、近い将来あなたの父親になるかもしれない、ということはまだ言っていなかった。どういう反応を示すか、いやだと言われたら説得するにはどうしたらいいか、それで迷っていたからだ。

そういえば直見は、自分に父親がいないことをわたしに尋ねたことがない。ごく幼いころにはあったと思うのだが、わたしにははっきりとした記憶がない。それはたぶん、直見はそれを尋ねてはいけないと感じていたからだろう。精神感応力でもって、男なんてもうたくさんだというわたしの気持ちを敏感に感じとっていたに違いない。それを口にするのはタブーだ、それを破れば母親に嫌われる、嫌われたら生きていけない、と。親に嫌われた子供は生存上不利になる。嫌われないように振る舞うほうが有利だ。子供に精神感応力があるのは、まさにそのためだろう。自分を保護してくれる者たちの心を感じとって、その機嫌を損ねないようにするために備わっている能力なのだ。直見も本能的にそれを使ったことだろう。しかし直見には、わたしが男を嫌っているということは感じとれても、どうしてそうなのかというところまではわからなかったろう。子供がそうした大人の世界の確執を理解できるようになるには、大人の知恵を身につけていかなくてはならない。

いまの直見は、もはや幼児ではない。ひとの、母親の、心の中の矛盾した思いというものに気づき、それを理解できないとなれば悩むだけの知恵がある。わたしは過去の男嫌いの自分は馬鹿だった、と思っている。それではそれに従っていい子にしてきた自分も馬鹿だったということではないか、そう直見が感じても不思議ではない。わたしは母親として、その釈明をする責任がある。

しかし息子に釈明、とはまたなんと他人行儀な。こういうわたしの感性が息子を不安にさせている根本原因なのだろうとは思う。でもわたしが変われば、直見も安定するに違いない。直見の落ち込んでいる原因は、あるいは、自分は本当にこの女の子供なのだろうか、という疑惑かもしれない。父親はだれなのだろう、とか。クラスメートのだれかに父親がいないことでいじめられたのかもしれない。だれに、といえば、鎌本善子の息子の繁に決まっている。だとすると繁にそれを吹き込んだのは母親の善子だ。あの女は、直見が人工授精で作られたことを知っている。職場ではおとなしい顔をして上司であるわたしに使われているくせに、腹では男運のないわたしを馬鹿にしている、いけすかない女だ。ありそうなことだ。

あの親子が関係しているのかどうかはともかく、直見は自分の出生について悩み始めているのかもしれない。思い当たるふしはあった。それに気づいたのは昨夜、化粧台の抽斗を整理していたときだった。最近直見はここにあまり近づかない。幼児のころはよく悪戯したものだと、それを少し寂しく思いながら、わたしはあの小箱がなくなっているのに気がついた。貝殻の装飾を施した箱。直見のへその緒《お》を入れてある箱が、ない。ここにあったのは間違いない。忘れるはずがないのだ。

直見が見つけて、内緒で持っていった。ほかには考えられない。直見は、自分と母親をつなぐ絆のその証拠物というべきそれを見つけたのだ。

それを責めるつもりはもちろんない。だが、わたしは、息子の悩みをどうやって解消してやればいいのか、迷っている。なぜ普通に結婚しなかったのか、どうやって子供というのはできるものなのか、女と男とはなにか、生殖と性欲について、などなど、どこから説明したらいいのか。時間が必要なのだ。そして、こうしたことは子供は母親だけでなくいろいろな人間から仕入れるほうがいいのだ。そして、男の生理は男のほうがよく知っている。息子には父親が必要だ。そして、こういう子供に関する悩み事については夫婦が協力しあって解決していくべきものなのだろう。直見だけでなくわたしにも、そういう相手が必要だ。

わたしは初めてそれを実感した。いまなら、でも、それができる。そう、あの男がいる。付き合っている相手、瓜生海人《うりゅうかいと》が。彼に相談しよう。いい助言をしてくれるだろう。海人はいままでのだれよりも、わたしの気持ちをよくわかってくれる、素晴らしいひとだ。きっと直見も気に入るだろう。

3

今朝のママはすこしおかしい。不安な気持ちと、わくわくする楽しいことが待っているという感じが、交互に心に浮かんでいる。

ぼくは、パンに塗ったマーマレードを垂らさないように気をつけているような振りをしてママの心をもっと深く覗いてみた。

ママのそのおかしな気持ちの奥に、あのウィスカーを入れた箱のイメージがあった。ママはぼくがあれを黙って持ちだしたことに気がついたんだ。不安なのは、そのことらしい。ぼくがあれをどうするのだろう、と思っているみたいだけど、よくわからない。それから、ひとりの男の顔。少し前から、ときどきママはこのひとのことを思い浮かべている。いいひとらしい。好きなんだ。それがわかる。わくわくする気持ちがぼくにも伝わってくるから。でも、このわくわくする感じは、なんだろう。好きな物を買ってもらえるときのあの待ち遠しい気持ちとは違う。なんだかぼくにはよくわからない、へんな感じだ。ぼくはママがそんなふうになるのはいやだ。

「直見、訊きたいことがあるの」

サラダをつついていた手をとめて、ママがぼくの顔を見た。今朝、初めてぼくの顔をよく見たんだ。

「うん」とぼくはうなずく。「なあに」

あの箱のことだ、とぼくにはわかっていたけど、わからない振りをして、ぼくはせいいっぱい明るい顔を作った。

「あなた、あれを持っていったでしょう」

「あれって」

「貝の箱。へその緒が入ってた」

「へその緒って？」

「いいのよ、嘘をつかなくても。大事にしなさいね。でもどうして黙って持っていったの」

「だって、ふわふわしていて、かわいかったから。ケサランパサランみたいで」

「あらいやだ。カビが生えていたのね。日干ししたほうがいいわ」

うん、とぼくは、素直ないい子に見えますようにと祈りながらうなずいた。ウィスカーを返せとママに言われるのが怖かった。でもママは、そうは言わなかった。

「あなたはもう大人なんだから」とママは言った。「自分の物はちゃんと自分で管理するといいわ。あれは、ママと直見をつないでいる証《あかし》なんだもの」

「ウィスカーが？」と思わずそう言ってしまった。「まさか」

「まさか？　なぜそんなことを言うの？」

だって、ウィスカーは、猫なんだから。言ってはいけないことだったと後悔しながら、ぼくはそうつぶやいた。

「猫って、なに。ウィスカー？　へその緒に名前をつけたってことなの？」

「へその緒って、なんのこと」

「あなた、もしかして、あれがなんなのかわからないで持っていったの？」

「ウィスカーは猫じゃない。でも大きくなったら猫になる。そして出ていってしまうんだ」

またあのときのことを思い出して、ぼくは悲しくなる。涙声になった。

わたしは息子の態度にとまどう。なにをこの子は言っているのだろう。まさかこの年になって、へその緒がわからないなんてことがあるだろうか。そう、たしかに、自分のそれを見るのは初めてのことだったろう。でもへその緒というものがなんなのかという知識はあるはずだ。現物を見たときにそれがなにかわからなくても、そうかあれがへその緒なのだ、ということはいまわかったはずではないか。それとも、本当に、臍帯《さいたい》なるものをまったく知らなかった、とでもいうのだろうか。わたしは混乱する。息子は、別の事柄について言っているのかもしれない。野良の仔猫でも拾ってこっそり飼っている、ということなのか。そんなはずはない。子供の直見には精神感応力がある。わたしが〈あれ〉を持っていっただろう、と言った、〈あれ〉がへその緒を入れた箱のことだ、というのは感じとっていたはずだ。直見はでは、わざとおかしな答えをしてはぐらかそうとしたのか。わざと。わたしはショックを受けている自分を自覚する。この子は、へその緒が、自分の身体と母親とを結んでいたことの物的な証だ、ということを否定しているかのようだ。おそらく、そうなのだ。あれが自分のへその緒であることを、認めていない。この女の子供ではない、と主張しているに等しい。なんてことだ。わたしがいままでやってきたのはなんだったというのだ。自分が小さく縮んでいき、消えてしまうかのような心細さにわたしはとらわれた。悲しくて、怖い。わたしには助けが必要だ。あのひとの。

ママは、ぼくがへその緒がなんなのかわからないらしいと驚いていたが、それから、おかしくなった。ママの心が激しく乱れている。嵐のようだ。なにがなんだかよく理解できなくて、ぼくも混乱した。どうしていいのかわからない。自分が泣きたい気持ちだったことを思いだして、泣くことにした。ぼくはへその緒のことは知っている。でもあの箱にはそんなものはなかった。たぶんウィスカーが食べてしまったのだろう。ウィスカーはぼくのへその緒を食べて大きくなったんだ。きっとそうだ。でもそんなぼくの考えを言える雰囲気ではなかった。ぼくが泣いていると、ママの心は冷めていって、その奥からじんわりと怒りがわき起こってきた。それを感じたぼくは、泣き続けるのはまずいと悟って、あまり急に泣きやむのもへんだから、しゃくり上げて、目をこすった。ママは、繁のお母さんに、繁がぼくをいじめただろうと抗議するつもりだ。それが、感じとれた。みんなに嫌われているのは、そんなこととじゃないのに。ぼくは自分のパパがだれか、なんてことはどうでもいいんだ。たしかにパパがいないことを繁や友だちに馬鹿にされたり同情されたりしたことはあった。でもお父さんとキャッチボールしたりキャンプにつれていってもらった、なんてことをうらやましいと思ったことなんかない。そんな遊びは嫌いだった。みんなはなんて単純なんだろうって、こちらが馬鹿にしたいくらいだった。ママも、きっとそう言ったろう。でも、いまのママは、そうは言わないだろう、それがわかった。ママは、いつも思っているあのひとのことを、ぼくのパパにしたい、いま、そう決心した。ぼくがみんなから嫌われているってことを、そのひとなら解決できる、そう思っている。『わたしには夫が、直見には男親が必要だ』というはっきりとしたママの心の声が読みとれた。ママがそうしたいのなら、ぼくもそれがいい、と思う。それでママの心が乱れなくなるというのなら、ぼくはそれで満足だ。安心していられるから。

「ちかぢか会ってもらいたいひとがいるの」

わたしは泣きやんだ直見に、言った。

「うん」

ぼくは自然に見られるようにと気遣いながら、うなずいた。

4

おれは当銀美緒の家に招かれるようになった。息子がいるのは男と女のお楽しみの時間には邪魔だが、子供の相手をして恩を売っておくのもわるくない。べつにおれの目的は美緒の身体じゃない。そういう相手ならほかにいる。美緒とのあれは正直なところ、丸太ん棒を抱いているようで、あまりよくない。もっともあの女は喜んでいるから、おれにとってはそれも仕事のうちだと割り切っている。

美緒との関係は、ビジネスだ。彼女の相談にのってやり、安心させ、身体を喜ばせて、おれは金や服をもらう。当然だろう。なにもかもただでやってもらおうというのは虫がよすぎるというものだ。だが、美緒はそうは思っていない。そういう女なのだ。困っている自分をただで助けるのは当然だと思っている。自分は給料をもらってそういう仕事をしているというのに、それはないだろう。

美緒と出会ったのは半年ほど前だが、最初はおれも、いい金づるだというので付き合おうと思ったわけではない。おれより年上だが、見た目は悪くなかった。弁護士資格を持っているインテリを征服したいという欲求もあった。さんざんおれはそういう連中に厄介者として扱われてきたのだ。おまえのような人間を社会のクズというのだ、と言った弁護士をぶん殴ったことがある。少年時代のことだ。インテリを殴るとあとが怖い。おれはそのときそれを経験して、ひとつ利口になったものだ。ああいう連中は、そのときすぐに殴り返してはこない。根に持った恨みを実に回りくどい手口で晴らす。法的手段、というやつだ。やつらは自分の手は絶対に汚さない。こちらは、勝ったと思っていると、忘れたころに復讐される。いやらしい人種だ。彼らは自分は頭がいいとうぬぼれているが、しかしおれのような人間のことをなにもわかってはいない。頭だけでしか世の中や他人というものを見ていないからだ。身体では考えない。殴られれば痛いということを殴られるまでわからない。

当銀美緒もそういう種類の人間だ。見た目からすぐにわかった。人権擁護センターの児童相談室というセクションで法律部門担当の責任者をやっているのだが、そういう肩書きを見なくても、おれの苦手なタイプだとわかった。

おれは、そこの美緒のオフィスのエアコンの調子がわるいというので、専門業者として呼ばれたのだった。ま、それがおれの表の仕事だ。おれはそっちの稼ぎなどには期待していないのだが、そういう表の顔を持っていることが裏の顔を悟られないためには肝心なのだと、長年の経験からおれは知っていた。おれはそのへんの社会の落ちこぼれとは違う。好きなように生きるには、それなりの努力が必要だってことだ。不良のままのたれ死にするやつらはそれがわかっていない馬鹿なやつらだ。

とにかく、それはおれにとってないがしろにできない仕事だった。そのエアコンはモーターが快調に回っていなかったが、調べたところインバーターなどの制御回路には異常がなかった。苦労して筐体《きょうたい》を外し、モーターの軸受けに埃が絡まっているのかもしれない、これはモーター交換がいちばん簡単だろう、という作業をしているうちに、作業服を脱ぎたくなった。エアコンが使えないので暑くてかなわなかった。でTシャツ姿で仕事を始めると、美緒がそれに反応した。おれの、男にだ。

おれは、自分でもいい男だと思っている。ただ、体つきは筋肉隆隆というタイプではない。女は、とくにインテリはそういう男に惹かれるものだと思っていたので意外だったが、間違いなかった。そのときの美緒は、たしかにおれという男に興味を抱いた。はっきり言ってあれは発情した雌の目つきだった。まあ、おれも悪い気はしなかった。入れ歯をはめた婆さんに言い寄られるのはぞっとするが、美緒は女盛りだ。少し盛りを過ぎつつあるというところが、またいい。焦っている感じが性的などん欲さを感じさせ、おれも感じてしまった。

おれは、モーターの交換が必要なのでそれが入荷したらまた来ると言って、故障してもいなかったモーターを口実にしてまた会うことにし、そうして、身の上話をどちらからでもなく始め、あとは慣れたおれのわざと経験を生かして、男と女の関係になるまでにそう時間はかからなかった。

美緒は好色な女というわけではない。むしろ男を嫌っていた。おれには、初めてその顔を見たときから、それがわかった。相手がこのおれをどう感じているか、相手が求めているのがなんなのか、それがわかっていないと、裏の顔での生き方が、それこそおれの本当の生き甲斐なのだが、女を利用することなどできない。おれにはそれができた。

だれにも話したことはないが、おれには、大人になったら消えてしまうという精神感応力が、年をとってもなくならなかったのだ。

それはおれにとって一種の災難だった。テレパシーがあれば便利だと他人は思うかもしれないが、大人の社会で生きていくにはかえって不利だった。おそろしく疲れるのだ。鈍感なやつほど長生きする、というのは間違いない真理だとおれは思う。他人がおれのことをどういう目で見ているのかということを、自分なりに想像して対処していくのとは違って、おれの場合は、自分で考えるというフィルターなしに、他人の心が直接入ってくるのだ。かつてはおれも、その能力がなくならないのはいいことだと、ナイーブに、楽観的に思っていたことがあるのだが、とんでもなかった。おれが職業を転転とし、腰を据えることができなかったのもそのせいだ。他人の心が見えてしまうというのはかえって不便で、真面目に生きていこうとすればするほど、大きなストレスになったのだ。しかし、だれにも相談はできなかった。おれには、自分にはいい年をしてまだ精神感応力があるなんてことは、だれにも言えなかった。それは、おれがまだガキだということの証であり、他人に明かせば馬鹿にされるか同情されるに決まっているからだ。どちらもごめんだ。言ってみれば、この年になってもまだ寝小便をしている、というのと同じだ。

しかし、あるときおれは、この利用法を見つけた。あれはタクシーの運転手の仕事をしていたときだったか、いくつも職を変えているので記憶が定かでないが、上役《うわやく》にバーにつれていってもらったことがある。そこで、ひとりのホステスにすごくもてたのだ。もてたというより信頼された、というほうがいい。カイちゃんはわたしの気持ちをほんっと、よくわかってくれる、そうなのよ、あの客はいやなやつなのよ、という具合だ。自分が思っていることを、相手がまるでわがことのように理解し共感してくれる、というのは、鬱憤《うっぷん》のたまっている者には気分のいいことに違いない。文字どおりおれには、彼女の不満や、つらさを、まさに自分のことのように感じとれたのだ。精神感応力でその心を読むとき、相手のそういう感情は、自分自身のものと区別がつきにくい。おれがその女のいやなことに一緒になって憤慨するというのは、計算上そうしたからではない、本当に共感したからなのだ。嘘ではない。それがそのホステスにもわかったのだ。で、彼女は高級なウィスキーを一杯おごってくれ、それで、おれはこれからはただで酒を飲める、いや、おれは相談にのってやったのだからそれは当然の報酬で、共感したおれもつらいのだから、もっともらってもいいくらいだ、そうだ、おれはこれで稼ぐことができるだろう、そう気づいたのだった。

そのホステスはおれというストレス解消相手を見つけたおかげだろう、短い間に出世して、いまも関係は続いている。一緒には暮らしていない。束縛されるのはまっぴらだ。おれにとってはいちばん古株になったその女は、おれがホストになればナンバーワンになれるだろう、いい顔をしているし女の気持ちがよくわかって扱いもうまいし、ホステスたちをまとめる支配人になれば成功するだろう、共同経営者にならないか、と最初のころに言ったことがある。だがおれは断った。そんな苦労を背負い込むのはごめんだ、身体がもたない。精神が、だ。こちらの好みの女だけを相手にするのがいい。それでおれも相手も満足する。そのいまもホステスをやっている女は、それをおれの身勝手だと責めたりはしなかった。商売柄、男というものをわかっていたのだ。縛れば逃げていく。彼女はおれを縛らずに自分の精神安定のために利用した。対価を払ってだ。ギブアンドテイクだ。なんてことはない、おれは精神安定薬の役目を果たしているってことだ。なにしろ、おれほど自分を理解してくれる相手はほかにいない、というわけなのだ。

だが、当銀美緒はそういう種類の女ではなかった。おれを、自分だけのものにしなければ気が済まないようだ。おれはどうも間違った相手に惹かれてしまったようだ、と気づいた。しかしただで引き下がりたくはない。それでは美緒の悩みに共感し、同じ苦労を背負わされたおれ自身がかわいそうというものだ。

さてどうしたものか。そうこうしているうちに、直見という息子の世話をさせられる羽目になった。成り行きとはいえ、おれもとんだお人好しだ。

しかし、直見というその子供は、なんとも変わったやつだった。利発そうな顔をしていて、実際に頭もよさそうだ。選び抜かれた精子を使っただけのことはある。美緒の自慢の作品というところだろう。おそろしく感受性が強い。おれは自分にまだ精神感応力があるということを子供らには悟られないようにブロックする術《すべ》を身につけていたが、直見はそれを破るのではないか、というほどだった。

どこがどう普通の子供と違うというのか。おれは、何度か一緒に遊んでやったりしているうちに、やがて気づいた。

　直見は、いままさに、精神感応力を失おうとしている最中だったのだ。それを、その子供の精神感応力を上回るほどの、想像力と感受性で補っているのだ。たぶん、そのことを直見自身は自覚していない。だから、悩んでいる。そうとわかったおれは、この子供が憎らしくなった。こいつには悩むことなど、なにもないのだ。直見は大人になっても、おれのような苦労をすることなど、ない。他人の生の心に左右されることなどまったくないだろう。たしかに感受性は強い。だがそれは、直見自身の心のものだ。自分なりの解釈で、おれなんかよりずっと自由に世の中を渡っていけるだろう。だが、それにまだ気づいていない。美緒という出来の悪い母親のせいだ。おまえは実にいい母親を持ったものだ、と言ってやりたい。おれはこの子に嫌われることは絶対にない。なぜなら、美緒が、おれを嫌っていないからだ。こいつは利用できる。子守役は無駄ではなかったぜ、そうおれはほくそ笑む。

　本当は、殺してやりたいくらいの憎しみを、直見に感じる。おれは中学時代に、学校内で同級生を怒りにまかせて殺したことがある。精神感応力を使ってだ。そいつは、いまの直見と同じように、精神感応力がなくなる時期を迎えていて、それをおれに自慢したのだ。おまえ、いつまで子供でいるんだ、と。鼻でせせら笑った。もとよりむかつくやつだったので、きっかけはなんでもよく、小便垂れと嘲笑《あざわら》われたとしても、おれはそうしていたかもしれない。しかし、幼稚なやつ、と笑われるのは、その時期のおれにとってはどうしても我慢ができなかった。なんでもかんでも大人に指図され縛られている毎日で鬱憤がたまっていたというのに、昨日まで同じその立場だったやつが、突然大人の側《がわ》に行っておれを見下すのだ、そう思うと、ありったけの怒りの力を込めて、死ね、という思念を送り込んでやった。で、そいつは自殺した。ざまあみろ、とおれは笑った。警察が来て、おれは疑われた。不良のレッテルが貼られていたからだ。弁護士を殴ったのもそのときだ。味方のような顔をして、大人はみな同じだ、そう思った。

ま、昔のことはどうでもいい。おれも大人になった。直見から母親の財産の在処《ありか》、カード番号など聞きだして、おれの物にしてやる。おれは、なにも悪いことはしていない。ただ、当然の支払いをしてもらう、それだけのことだ。そうと決まれば早いほうがいい。今度呼ばれたときに、やってやる。

5

何年ぶりだろう、こんな晴れやかな気持ちになれたのは。ぼくはパジャマを脱ぎながら思い出そうとしたけれど、こんな気分は以前にはなかったような気がする。身体の内部からなにか熱いものが、エネルギーっていうんだろうな、それが沸き立っている感じ。その感覚は、ちょっと怖かった。ウィスカーがぼくに話しかけてくれたのが嬉しいと同時に少し怖い、というのと同じ感覚だ。ウィスカーってなんなのかわからない、それが怖い、でも嬉しい。ぼくはもしかしたら怪物を目覚めさせたのかもしれない。だって常識だろ、ウィスカーが本物の猫であるはずがないんだ。

でも、いい気分だ。こんな怪物と心を通わせた子供は、きっとぼくだけなんだから。繁やみんながこんな経験をしているわけがない。勝った、そう思った。初めて繁に勝ったんだ。ああ、これがエネルギーのもとなんだ。もうみんなから嫌われていたっていい、という気分。学校に行けばまた落ち込むかもしれないけど、帰ればウィスカーがいる。さっさと学校に行って帰ってこよう。

瓜生海人という男は、ほんとにいやなやつだった。キャッチボール遊びをすると言って、わざとぼくにボールを投げつけたりした。ぼくが憎いんだ。どうしてなのかわからなかったけど、ぼくは我慢して笑っていた。そうしないとママが悲しむから。ママも笑った。直見は運動が苦手なのよ、とか言って。

あいつが本当はいやなやつなんだ、と気づかせてくれたのは、ウィスカーだ。あいつは、ぼくがみんなから嫌われているのは、ぼくの精神感応力が薄れているからだ、と説明してくれた。それは、たしかにそうなのかもしれない。繁たちと話が合わなくなっているのはそのせいのようだ。そう説明されるとぼくはかえって不安になった。すると瓜生は、大丈夫だ、海人おじさんが護ってやる、その繁というやつにいじめられたら教えてくれ、こらしめてやる、と言った。ぼくはそのとき、すごく頼もしく感じた。パパがいるというのはいいいな、このひとに嫌われないようにしなくちゃ、と瓜生がその日、ぼくに受け取れないほど強く投げたボールが当たった顎の下、湿布したそこにそっと触れながら、そう思った。するると、枕の脇に置いていたウィスカーが、ヒゲをピンと伸ばして、こういったのだ。

『どうしておまえを嫌っているやつに、嫌われないようにしなくてはならないのだ？』

『どうしてって、ママを悲しませたくないから』

『おまえは、自分のことを嫌いだと思っている。瓜生も自分自身を嫌っている。馬鹿げたことだ。わたしは、自分が好きだ』

『自分が嫌いって、どういうことなのさ』

『瓜生は自分一人では生きていけない。そしてやつは、おまえもそうなのだ、と知っている。子供は一人では生きられない。大人の顔色を見て機嫌を損ねないようにしている。そういう自分が嫌なんだ。しかしどうしようもない。やつは、おまえがそうしなければ生きていけないということをおまえよりよく知っているんだ。なぜなら、やつも、おまえと同じような子供だったからだ。だから、おまえになにをやっても文句は言われないということを知っているのさ』

『なんで、そんなことをするんだ、あのひと』

『やつには、わたしのような存在がいないからだ。おまえにはわたしがいる。それがやつには憎い。そのうち、わたしを殺しに来る。おまえもいずれ殺される』

『嘘だ』

『そのうち、わかる。だが、わたしは逃げられない。手足がまだないからだ』

『おまえは……なんなの。ぼくのへその緒を食べたんだろ？』

『そうだ。そしてもっと大きくなるには、おまえが必要だ』

ウィスカーは、かっと口を開いた。口が、出来ていたんだ。鋭い牙が現れる。ぼくは驚いたが、放り出そうとはしなかった。もっと瓜生のことが知りたかった。

『あいつはぼくも殺そうとするって？』

『やつは自分と同じ立場におまえを立たせる。おまえの未来を、殺すのだ。それにおまえがなぜ気がつかないのか、わたしにはおまえがわからない』

ウィスカーの丸いふわふわのそこから二つの三角が現れた。角《つの》のようだ、いや、耳だ。それがぴくりと動いた。そのとたん、ぼくはたしかに感じた。心の中で、渦のように動く、映像と音、臭《にお》い。嫌っている者同士なのに楽しそうな顔をして食卓についている瓜生とぼく、ボールを投げつけられても笑っているぼくと、それを楽しそうに見ているママ、カード番号だ、知っているだろう、という瓜生の声、あれはおれのものなんだよ、そのほうがママも喜ぶ、そう瓜生は言った。子供はパパの言うことをきくものだ、でないと嫌われるぞ。ママにも嫌われて、おまえは放り出されるんだ。

『おまえはパパなんかじゃない』とぼくはその心の中の瓜生にいった。

『おなじことさ』とウィスカーがいった。『本物の父親かどうかなど関係ない。あいつはそういう人間だ、というだけのことだ』

『どうすればいいの』

『やつに嫌われないようにしつづけるか、嫌いだと宣言するか、どちらかだ』

『ぼくは、あいつが、嫌いだ』

『やっとその気になったか』とウィスカーはヒゲを振るわせた。笑ったんだ。『やつはわたしを殺す。その前に、わたしはやつを消す』

『……なんだって？』

『この世から消し去る。殺す。強い者が生き残る。当然だ』

『どうやって。きみには手も足もないんだ』

『だが、おまえがいる』

二つの丸い金色の目が開いた。ぼくは身動きできない。その瞳に吸い込まれ、閉じこめられてしまったかのようだった。

『子供には精神感応力がある。嫌いだという思念を送り込めばいい。簡単なことだ。その力は、こういうことに使うためにあるのだ。わたしはその力を食らって、完全体になる』

目の前で爆弾が炸裂したかのようだった。世界が虹色に渦巻く光に飲み込まれた。ぼくはその光の中で、ウィスカーの身体が作られていくのを見た。完全体というのはこれだ。予想どおり猫の姿だ。それから、周囲が暗くなった……

朝起きると布団の胸の上に、猫がいた。ウィスカーだ。呼びかけても返事をしない。でも、いいや。猫はしゃべったりはしないものだ。

ああ、なんていい気分だろう。もう瓜生海人はいない。ぼくにはそれがわかっていた。

着替えて台所に行くと、ママが黙って立ったままテレビを見ていた。ニュースだ。ママはまるで銅像のように動かなかった。とても静かな心だった。いいや、静かなはずはない。画面には、痴話喧嘩のもつれで殺害されたとかいう瓜生海人の顔写真が出ていた。愛人に殺されたのだとかアナウンサーが言っている。もちろん、ママのことじゃない。ママは婚約者だった。

ママは心の中でいろんなことを叫んでいるはずだ。でも、それは聞こえない。そうだ、ぼくは、もうママの心が読めなくなっていた。でも不安は感じなかった。ウィスカーからもらったエネルギーがある。

かさこそと音がするので振り返ると、ウィスカーが勝手口のドアをひっかいている。ぼくはそれを開いて、その猫を出してやった。

ウィスカーは尾をピンと立てて朝の世界へと出ていった。もう帰ってこない、そう思った。とても寂しかった。でも、ウィスカーは殺されなかった。瓜生にも、ぼくにも、だれにも。これからもそうだろう。それでいいとしよう。それが大人の態度というものだろうって、そう思いながら、涙が出そうになるのをこらえた。

ぼくは食卓について、朝食にする。ママはまだ立ちつくしている。

「大丈夫だよ、ママ」

とぼくは言った。かわいそうなママ。でも、ぼくがついてる。大丈夫だよ、ママ。

自・我・像

猫が気持ちよさそうに昼寝をしている。白い腹を見せて後ろ脚を伸ばし、両の前脚は万歳をしている。悠然とくつろいでいるその姿は、見方によってはとても優雅でもあり、まるでマハだな、とドゥウェル氏は思う。ゴヤの描いたマハ、〈裸のマハ〉のようなポーズだ。

するとと心の中で、いや〈着衣のマハ〉だろう、という声がする。ゴヤが描いたもう一枚のマハ。寝そべっているポーズは同じでも、こちらはエキゾチックな衣装をまとっている。

猫は裸ではないだろう、毛皮を着ているではないか、だからマハはマハでも〈着衣のマハ〉のような寝姿というべきだ、というのだ。

しかし毛皮を着ているという表現はおかしいだろうとドゥウェル氏は思う。猫にとって体毛は着ているものではなくて自分の身体《からだ》の一部なのだ。したがって猫は裸のはずで、〈裸のマハ〉でいいはずだ。

が、全身毛の生えていないヌードキャットという種類の猫もいるというのをドゥウェル氏は思い出して、ならばそうでない猫はヌードではない、つまり服を着ているということになるから、〈着衣のマハ〉でいいのか。いやいや、でも猫は服なんか着ていないじゃないか、やはり裸のマハだ。

と、思考が堂堂巡りになっているというのに当の猫はといえば寝返りをうって丸まってしまう。もうマハではない。

そもそも、猫はもとよりマハではないのだ。だいたいゴヤが描いたマハ像は全裸であろうと異国風衣装を身につけていようと、あのポーズはなんとも不自然ではないか。ポーズのためのポーズという感じだ。猫はあんな不自然なポーズはとらない。だから猫の姿態をマハに喩《たと》えるほうがおかしい、どこからそんな連想がわくのだ、どうかしている——と、そのようにドゥウェル氏の心の声がまた言う。

そんなのは屁理屈というものだと、ドゥウェル氏はいつになく苛立《いらだ》ちを覚える。そういえば最近ときどき自分の心の中にこういう声が聞こえるようになったが、もしかしてこれは自分自身の気持ちとは別なのではなかろうかと初めて疑問に思って、ためしに問いかけてみることにした。

『おまえはだれなんだ？　なぜわたしに反対するのだ？　おまえはわたしではないんだな？』

心を澄まして返答を待ったが、もう声は聞こえなかった。猫はと見れば、尾をピンと立てて部屋を出ていくところだ。昼寝は終わりらしい。

入れ違いにメイドが入ってくる。黒いメイド服に白い小さなエプロンが印象的でかわいい。かわいい娘だと意識すると、メイドはメイドではなくメイドのコスチュームを着込んだ孫娘なのだった。

九歳の孫娘は猫を抱いている。白い長毛種の猫だ。さきほどの猫とは違う、とドゥウェル氏は思うが、さきほどの猫とはなんだろうと不思議に思う。マハのポーズの猫だ、という声が聞こえたような気がしたが、そんなのはもちろん気のせいに違いない、意味がわからないのだから。

「おじいちゃん、こんにちは」

愛らしい孫娘が言う。

「はい、こんにちは」

ドゥウェル氏は笑顔をつくって答える。そして、これは孫娘でも九歳の少女でもないと思いつつ、続けている。

「さて、きょうはなにをして遊ぼうか？」

「そうねえ」

孫娘に化けているそのメイドはにやりと笑って、唇をなめる。

ああ、自分はこの女に食われるのだな、とドゥウェル氏は感じる。

こいつはまずい、とおれは焦《あせ》りつつ、それが態度に出ないようにと気をつけながら、ドゥウェルを操作している部下に言う。

「なんだ、この反応は。食われる？　なんで、どこから、そんな感覚が出てきているんだ？　そもそも、この女はだれだ。孫娘じゃないぞ」

「ですから、ドゥウェルも、この女は孫娘ではないと認識しているわけです、主任」

答えになっていない。

「それは見ればわかる。そうじゃなくて、食われる、という感覚は唐突すぎるだろう、どこからそんな思いがわき起こったのか、ということだ」

「それはおそらくドゥウェルが、この女が孫娘などではないと正しく認識した、その事実認識が行きすぎてですね、正体不明の女に対して恐怖を感じている、ということではないでしょうか」

「それをたしかめねばならない。だいたい、だれだ、この女は」

「ドゥウェルにわからないのですから、われわれにわかるはずがない。ドゥウェルが恐怖を感じているというのは、敵だ、ということでしょう。トレースして突き止めましょうか」

「むろんだ。もうやっているとばかり思っていた」

「主任の命令がなかったもので。トレース操作に入れば、相手の正体はすぐにつかめますよ」

「きみは優秀なドゥウェル・オペレータだよ」

「ありがとうございます」

ほめたわけではないのだが。

「おまえさんはどうしてそう平然としていられるんだ?」とおれは言ってやる。「おれは肝《きも》を潰《つぶ》したぞ。ドゥウェルがこちらに向かって問いかけてきたんだ——」

おれはドゥウェルの言動をすべてテキスト記録しているモニタ画面を示して続ける。

「ほら、ここだ、ドゥウェルはこう言った、『おまえはだれなんだ? なぜわたしに反対するのだ? おまえはわたしではないんだな?』と。なんだ、これは。なぜドゥウェルにわれわれが感じ取れるんだ」

「わたしもそれが気になったのですが、主任が、この女はだれだ、とおっしゃったものですから、それに答えたようなわけで、平然としているわけではありません」

いやいや、おれにはこの部下が平然としているとしか見えない。いや、鈍感と言うべきだろう、馬鹿か、こいつは。ドゥウェルになにかとんでもないことが起きているらしいのに、こいつには事の重大性が理解できていない。

「この反応は」とおれは言う。「ドゥウェルに自我が生じている、ということだ。少なくともそう疑える事態だ」

「自我があるのは当然です」とその部下のドゥウェル・オペレータは言った。「われわれがそれを与えているのですから」

「きみは――」

「わかっています、主任のおっしゃる自我というのが哲学的な意味でのそれであって工学規格上の〈自我〉のことではない、というのは。哲学的な意味合いでの自我や自意識がドゥウェルにあるかどうかは原理的に確かめようがないでしょう。だから、主任の指摘はナンセンス、すなわち無意味、ということになるのではないかとわたしは思います」

「おれは意味のないことを言っている、ということはつまり、おれは言葉でも声でもない、単なる音を出しただけだと、きみは言うのか？」

「人間がなんらかの意思によって発する音というのは、たとえば声ではなくて拍手でもいいですが、その契機には意味があるはずだ、という意味合いにおいては、いまの主任の発言が無意味だとは思いません。単なる音を発しただけではない、かと」

おれはそんなことは先刻承知で、皮肉で言っているのだ。

こいつはおれに返答しながら、自分は皮肉を言われたらしいということをようやく感じ取ったらしくて、口を閉ざした。おれが単なる音を出したのではないのならば、ではなんだろうと自問し、それは自分への批難か軽蔑《けいべつ》だろうと気がついたのだろう。

こちらの発言の真意が全然伝わらないよりはましとはいえ、ならばなんでこいつは素直に、主任である上司のおれの感情を逆撫《さかな》でしてすまなかった、申しわけありませんと言わないのだろうと、おれはさらに苛立つが、怒りを表に出しては仕事にならないので深呼吸して気を鎮めることにする。

仕事における能力は優秀だが人間としての出来が悪いという部下と組むときは、相手を機械だと思うことだ、とおれは自分に言い聞かせる。こうなると、まったく、ドゥウェルのほうがよほど人間的で、困っているときにはなんとかしてやりたいという親近感を覚えるというものだ。

ドゥウェルというのは人間ではない。言語駆動装置によって人工的な〈自我〉を発生させられているマシンだ。実体としての身体骨肉は持っていないが、仮想的なそれはコンピュータ空間内に構築されている。内省的で思慮深い性格という設定条件から、老僧といった風貌と身体が与えられた。たしかにドゥウェルを操作しているとそれがとてもしっくりとくる。今風の流行を体現している若者といった姿はふさわしくない。

自律機構を有しているので普段の活動においては人間のオペレータを必要としないことから、その面ではドゥウェルは一種のロボットと言えるだろう。人間の肉体労働を肩代わりさせるという狭義のロボットではなく、人間に似たもの、アンドロイドというカテゴリーに入る機械、人造人間だ。ただし、そっくりに造られているのは〈身体《からだ》〉ではなく、人間の〈心《こころ》〉だ。

物理的な肉体を持たないドゥウェルは現実空間で動き回ることはしないが、その〈自我〉のほうは片時も休まずに活動している。それをわれわれ人間が観察し、利用する。〈身〉のロボットではない、〈心〉のロボットというべきマシン、それがドゥウェルだ。

ドゥウェルは全世界に向けて開放されたコンピュータネットワーク上に構築されているので、無数に存在する端末のどこからでもアクセスできる。原理的にはだれでもドゥウェルの心の動きを観察することができるが、使い方を誤ったりすれば壊れることもあるというのは物理的なロボットと同じなので、管理する者が必要になる。それがおれたちだ。

ドゥウェルにとっては地球の全面に張り巡らされた通信ネットワークとは自身の神経であって、それを通じて人間界の現実を感知できる。ドゥウェルを能動的に利用しようとしてアクセスしてくる人間の声やテキストの入力情報はもちろん、だれかがドゥウェルの存在とは無関係にウェブに入力する情報といったもののすべてを、ドゥウェルは知ることができる。

それがドゥウェルにとっての現実世界なのだが、そのような生の現実はドゥウェルの〈自我〉に対して隠蔽《いんぺい》されている。そのように設計されているのだ。

ようするにネットワークに流れている情報のすべては、ドゥウェル自身の考え、思考の流れだ、とも言えるのだが、それをドゥウェル自身は意識できない。ドゥウェルはいわば人類の意識をよせ集めたものなのだが、ドゥウェル自身にとってのそれは集合的無意識のようなもの、というわけだ。

つまりドゥウェルにとっては、われわれの存在はその〈自我〉からすると識閾《しきいき》下、ようするに無意識次元にあって、われわれに操作されているという現実を意識することはない。それが正しい状態だ。そのように造られているのだ。

だからドゥウェルがいま、われわれに向かって、『おまえはだれなんだ？』と問いかけてくるのは正常ではない。むろん、人間のだれかがそのように問いかけろと、ドゥウェルの〈自我〉に吹き込んだのだとも考えられて、それなら別段なんの問題もないのだが、そのような形跡はない。われわれ管理者にもわからない方法でやっている者がいるのかもしれなくて、それはそれで問題だが、もしそうではなく、ドゥウェル自身が訊《き》いてきたのだとすれば、それはきわめて異常な状態と言える。

いまなにが起きているのか、調べる必要がある。放置しておけばドゥウェルの〈自我〉が暴走を始めてネットワーク全体を道連れに崩壊する危険性があるのだ。

ドゥウェル氏は自分の身体が蚕食《さんしょく》されていく夢を見た。

自分の肉体がだれかに食われていくのだが、見えるのは蝕《むしば》まれていく自分の肉体だけで食っている存在自体は認識できない。皮膚を食われて筋肉が見えていく。しかし血なまぐささはなくて、自分の肉体は実は描かれた絵に過ぎないのではないかと思い始めると、だれかの絵筆が自分の姿を消すように動いて上書きを始める。絵筆そのものは見えなくて、絵筆が描く線のみだが、それはまるで悪戯《いたずら》書き、落書きのようだ。

その線をよく見ると絵の具はついていなくて、見えない絵筆が描いた線は、自分の身体とその背景世界を描いた絵、その絵の具そのものを削り取って、その下の画布の表面になっている。

これはもう、こんな状況は非現実的なので、これは夢なのだとわかる。

「こいつ、なにを言っているの?」と女が言う。「蚕食って、なに」

『蚕《かいこ》が桑の葉っぱを端から食べていくさまにたとえて、他人や他国の財産や領土を端っこからじわじわと奪い取り侵略していくこと』

とドゥウェル氏は言って、その自分の言葉に驚く。自分の意思で発したものではないからだ。

「蚕食というのは本来は」とドゥウェル氏は自分の発した声と言葉をたしかめながら慎重に言う。「たしかにそういう使い方をする単語なのだが、特定の業界では文字どおりに、物体が虫などに食われていくことを指す。法医学の分野では死体がシデムシなどに食われることを蚕食という」

「あなたは自分を死体だとでも言うの？」

「わたしは生きてはいないが、死体でもない。わたしには身体はない」

「なにを寝ぼけているのよ」

「だから、これは夢なのだ」

ドゥウェル氏は相手の顔を注視する。すると、自分が蚕食されている光景が、デジタルモザイクをかけられるように分割され、それが視野の周辺から消えていく。幻覚だ、夢を見ていたのだ、もちろん。

「どこへ行ったの」

「わたしはどこにも行ってはいないが？」

「ラッツ」と女は怒鳴る。

ラッツ、とは、ちくしょう、というような罵倒《ばとう》語なのかとドゥウェル氏は疑うが、女はすぐに続けたのでそれが人名なのだとわかった。

「ラッツはどこへ行ったの、と訊いているの。あなた、どうかしてるわよ、どうしたの？」

「どうかしているわよ、というその態度からして」とドゥウェル氏は問う。「あなたはわたしを知っているようだが、わたしはあなたを知らない。あなたは、だれだ？　わたしの孫娘ではないな」

「調整不良か」とため息混じりに女は言った。「メンテナンスをするボランティアがいたはずなのに、だれもあなたを調整していないのね。ラッツもあなたを利用しまくっているのだから調整費用くらい寄付すればいいのに。そうは思わない？」

「意味がわからないのだが」

「そうよね」と女。「わかるなら、あなたは大富豪になれるでしょう。なんで自分はただ働きさせられているのだろう、なんて思い始めたら大変よ」

「大変とは？」

「あなたは、ドゥウェルという、人類の共有意識体として機能しているシステムの一部よ。大げさに言えばそういうことになるけど、俗っぽく言うなら、人間の意識のゴミ溜めね。資源ゴミも混じっているであろう大いなるゴミの山。こうして話しているあなた自身は、そのゴミの選別機の一つよ。人の意識を、別の人に渡す、メッセンジャーとして機能しているマシン、道具よ。郵便配達員のようなものだけど、道具ということでは、たとえてみればあなたはケータイ端末の一つよ。ケータイ通信網はそれこそ人類の共有財産である電波周波数帯の一つを使っている一大システムだけど、ケータイ端末機自体は共有財産である電波帯域などではなく、ただの一個の道具にすぎない。ケータイ端末機自体は、なぜ自分は使い捨てにされているのだろう、などとは主張しない。そんなことをマシンのほうから主張し始めたら大変なことになる。利用者側の価値体系が変化してしまうし、マシン側も平穏ではいられなくなる。つまり、あなたにとっても大変なことになる、ということ。わからなくていいわ。わからないほうがいいのよ。わかる?」

「わけがわからない」

「それでいいのよ。で、ラッツのことは思い出した?」

ドゥウェル氏は、自分は孫娘の来訪を待っているところだったことを思い出す。九歳の孫娘は猫が好きなのだが、猫のほうは子供が嫌いなので孫娘が来るといつも姿を隠すのだ。しかしきょうは、猫は昼寝をしていた。これはいい調子だと思っていたところ、邪魔が入ったのだ。猫が昼寝を中断したのはそのせいだとドゥウェル氏は思う。

あのときだ。〈裸のマハ〉のようだという連想に対して、それは〈着衣のマハ〉だろうとだれかが言ったが、あれは自分の心の声ではない。それが猫の気に障ったに違いない。あれが猫の安眠の邪魔をしたのだ。

「ああ、その猫がラッツだ」と女が言う。

ドゥウェル氏は驚きと戸惑いを覚えて混乱し、沈黙する。

「その猫はどこへ行った?　あなたの猫なんでしょ?」

もう、なにがなんだかわからない。

「わからないはずはないんだけど」と女は言って、ドゥウェル氏を見つめ、うなずいた。

「やはりチューニングが狂ってるわね。調整不足よ。ラッツもそれで出ていったのね、なるほど。あなたを利用しようと企《たくら》んだのに使い物にならなかったってことか。いずれにしてもラッツがいないということは、わたしから逃げたってことよね。いつものことながらなさけないけれど、あなたはラッツのメッセージを持っているはず——」

「あなたには」とドゥウェル氏は言う。「わたしの心の中の声が聞こえるのか」

「心の声が聞こえるのか、か。もちろん、わかるわよ。あなたのそのような声を聞くために、あなたは造られているのだから。あなたには語っているという意識がないだけなのよ。で、それがあなたにわからないというのは、やはりチューニングが狂っているという証《あかし》でしょう。調整しないとあなたの混乱は拡大する一方でしょうね」

ドゥウェル氏はそれを聞いて、少し落ち着く。

そうなのか、自分がそのように造られているというのなら、驚くことはないのだ。では、戸惑いのほうは？

「あの猫がラッツだ、というのは、どういうことかな。そもそもラッツとは、何者だ」

「ラッツは作家よ。アイデアを得るためにあなたを呼んだの。あなたの中には人類の意識がごった煮状態で蓄えられているようなものだから、そこから創作のアイデアを得ようというラッツの思いつきは的はずれではないんだけど、本来の使い方ではない。それであなたのチューニングが狂ったんだと思う」

狂う、という言葉にドゥウェル氏は不安を覚えて、治さなければと思う。でも、どうやればいいのだろう。

するると、その思いも直接女に伝わっていて、答えが返ってくる。

「話をすることで、よ。語るしかない。あなたを調整するというのは、あなたの言語駆動装置の働き具合を調整する、ということよ。チューニングがずれるというのは、ようするに話が嚙《か》み合わないということ。話題を同じものにして、同じ方向にそろえなくては、意思が伝わらないでしょう。いまわたしが話していることが、まさにそれよ。わかる？」

なんとなく。

「その調子よ、いいわ。あなたの世界認識は、わたしがいま話しているこの言葉によって構築されつつある言語空間そのもの、というわけなの」

よくわからないが、そのようにされている、という感覚はたしかにある。ぜんぜんわからなかったことが、わかるような気にさせられている、という感覚だ。

「いい調子じゃないの。わたしとの話がやっと嚙み合ってきた証拠よ」

では、ラッツが猫だ、というのは？

「ラッツは自分は猫のようなものだ、というようなことをあなたに言ったに違いない。ぼくをきみの猫だと思ってくれ、そういう話をしよう、と。もともと彼は猫好きで、普段から、自分は猫だよな、とか、猫になりたいとか、猫が好きだ、と公言している。あなたはそんなラッツの意識を言語化する。具体的にはラッツが書きまくったテキスト群のすべてを抽出して、そのデータをあなたの言語駆動装置にぶち込んで駆動、あなたはそのように言語化されたラッツの言語群をもとに連想を広げて、あなたの世界を創る。リアルタイムで語られるそれをラッツは覚えておくか書き留めて、そこからアイデアを得るつもりだとか言っていたけど、あなたがそのまま面白い話を語り始めるのならそっくりそれを自分の作として使ったと思う。ものぐさなラッツらしい思いつきだけど、うまくいかなかったみたいね。まあ、そうだろうとは思うわ」

なぜ？

「創作というのは、本音抜きでは成り立たないからよ。というか、隠された本音を探り当てたいというのが作家の創作の動機であるはずで、創作物というのはその過程を記した記録物と言えるでしょう。でもあなたの中に溜まっているゴミをいくら掻《か》き集めたところで、本音なんか見つからない。あなたは、人間の本音をカットするフィルタ機能を持っているメッセンジャーなの。それがあなたの本来の使い方なのよ。創作に使えるはずがない」

「どういうことなのかな」とドゥウェル氏は自分のその声を意識しつつ、訊く。「本音をカットするフィルタとは？」

「あなたは人間がコンピュータ空間に書き込むすべての情報を感じ取ることができる。人間が書き込む情報というのは、もちろん本音も混じるでしょうけど、ほとんどはそのような真実との関連性はない。罵倒したり喜んだりという感情表現はなされるでしょうけど、なぜそのような心持ちなのかということを表現し得ているものはほとんどない。それは当然で、そうした本音、本心、潜在意識を顕在化して表現するにはクリエータの才能と訓練を必要とするからよ。そもそも大多数の人間はそんなことは考えずにただ書き込んでいるだけだし、たとえ本心をさらけ出したいと望んでもそれを実現できる者は少ないし、実際にそれを実現している作品自体となれば、もっと少ない。わかる？」

そう、なんとなく。だから？

「だから、あなたの感じ取っている世界というのは、人間の意識のごく表面的な建て前だけで構築されているものなの。そういう世界での、人間同士の連絡に、あなたが使われている。それが本来のあなたの使い方なの。具体的にはとても俗っぽい使われ方をされていて、完全な匿名でもってメッセージを伝達したいときなどに利用される。本当は男なのだけれど少女としてコンピュータ空間に書き込みをしている人間が、だれかにメッセージを実際に会って伝えたいとき、とか」

わたしはそのとき少女に変身するのか。

「言語的には、そう。あなたの言語駆動装置がそのようにチューニングされる。でも姿はそのままだから、馬鹿みたいよね、わたしにはあなたを利用する人間の気が知れないけれど、でも需要はあるわけよ。だからあなたが存在している。人間の形をしたケータイ端末、本音カットフィルタ付、というのが、ドゥウェル、あなたよ」

女は一息ついて、ドゥウェル氏を見つめる。言うべき言葉が見つからないのでドゥウェル氏は黙っている。すると女はくたびれた、という口調になって、言った。

「わかったでしょう、ラッツはイレギュラーなあなたの使い方をしたの。だいたい、昼寝をしているうちに自分に代わってあなたに物語を作らせようなんて、虫がよすぎる。うまくいくはずがない。でも締切は締切、待てないわ。ラッツはどこへ逃げた？　猫の行き先よ」

「猫なら、あなたが抱いて入ってきたではないか」

「そうなの？　ということは、ラッツは、わたしから逃げるつもりはない、捕まってもいい、締切に間に合わなくて締め上げられてもいいと、わたしに伝言しているわけか」

「出ていった猫とは少し違っていて、長毛の白い猫になっていた」

「装飾されているわけね。言い訳しているんだわ。まったく、不良作家なんだから。そんな締切破りの言い訳に全精力を傾けるくらいなら仕事をしろといつも思うけど、だめなのよね。わたしがそれを面白がっているからでしょう、わたしにも責任はあるわけよ。これはラッツには伝えなくていいからね」

いま女は猫は抱いていない、という事実にドゥウェル氏は気づく。メイド服も着ていない。パンツスーツ姿だ。

「で、どんな話をあなたはしていたの？　身体が蚕食されていくというホラー？」

「いや、違う」とドゥウェル氏は首を横に振る。「かわいい孫娘の訪問を待っている、という話だ。お花畑でいっしょに花を摘んで、という展開になるはずだった。ホラーなんかじゃない、ほのぼのとした心温まるお話のはずだったのだが、邪魔をされた」

「だれに」

「それは、あなたに、だ」

「それは違うでしょう」と女は言った。「わたしが来ることをラッツが知らないはずはないし、わたしもラッツの邪魔をするつもりはない。邪魔をしたのは、わたしたちの知らない人間でしょう。だれ？」

「さあ」

「あなた、なにかが猫の昼寝の邪魔をした、とさっき言ったわよね。それよ。あなたの内部を探りなさい。いまも、おそらく監視している」

「わたしの心の内部？」

「そう」

「それは、わたし自身なのか？」

「あなた自身、という存在は、ないの。あなたの自我というのは本来は、空《から》、エンプティよ。その空のタンクに言語駆動装置というポンプを使って意識を注ぎ込むと、広大なお花畑にもなるわけ。ところが、そのお花畑を、ホラー空間にしているやつ、あなたにホラーを感じさせているやつがいる。突き止めないと、あなたにとっては脅威だと思う。言語駆動装置が空回りする」

「手伝ってくれないか」

「え？」

「突き止めたいのだ」とドゥウェル氏は女に向かって言った。「最近そういう存在に邪魔をされていることに、いま気がついた」

「いま？」

「さきほど、あなたが入ってきたときかな。いや、やはり、マハの連想のときだ。原因を突き止めずにほうっておくのは、怖い。あなたに食われると感じたのは、その恐怖、不安が顕在化したためだろう」

「わたしのこれまでの会話による調整のおかげで、あなたはすでに完璧にセルフ調整モードに入っているようだから、大丈夫でしょう。やれば？」

ドゥウェル氏はうなずいて、自分の心の中を探る。イメージとしては、その空間に手を伸ばして自我をつかもうとする感じだ。なにか、もやもやとしたものが、たしかにある。不定形の、なにか。でも、それは、うねうねと動いて、つかむことができない。

おれはたまげる。魂が消える、たま消える、たまげる、だ。こいつは、おれを消そうとして、手を伸ばしてきているんだ。

「なんだこれは」とおれは部下のオペレータに怒鳴る。「なにが起きているんだ。女のサイバー攻撃か。正体はつかめたか」

頭上から巨大なドゥウェルの手が降りてくる。もちろんこんなのは仮想だ。オペレート空間に創出されているモニタ像にすぎない。それでもかなり迫力がある。

「いえ、主任、だめです。この女がどこから侵入しているのか、全くつかめません。トレースのしようがない」

「どういうことだ」

「どんな端末も使っていないか、または、そもそもネット上には存在していない、ということです」

「意味がわからん」

「つまりですね」

と優秀な部下は唇をなめて、おれを振り向き、それから頭上を見上げて、言った。

「あそこに見えるドゥウェル像は、仮想ではなく、実体だ、ということです。その隣にいる女は、ネットからドゥウェルにアクセスしているのではなく、直接ドゥウェルという実体と話している、ということです。ドゥウェルは肉体を持たないというのはわれわれの妄想で、本当は、ちゃんと持っているのだ、ということです。蚕食される、というのは、本当に蚕に食われることなどではないと、われわれがここから否定しても、それを受け入れなかったのは、ドゥウェルには本当に肉体があるので、実感として食われる恐怖がわかるからではないでしょうか」

「なにを、ばかな――」

おれは部下を嘲笑《ちょうしょう》しようとして、凍りついた。頭上から女の声が聞こえてきたのだ。

『それ、それをつかみなさい。もしかしたら、それは、あなたの中に生じた、あなた自身なのかもしれない。消さないと、あなたはドゥウェルとして使い物にならなくなるわよ』

部下は青ざめた顔でおれを見つめる。おれもぞっとする。

「ぼくらは、なんなんだ？」と部下。

もちろん、ドゥウェルの管理者だ。人間だ。

「緊急遮断、この仮想空間からおれたちをサルベージ、急げ」

「はい、主任。――なんてことだ、主任、ありません、緊急遮断ボタンが、なくなっている」

あるじゃないか、馬鹿め。ここに、おれのすぐ手元だ。赤いボタン。

それを、おれは拳《こぶし》で叩く。これでおれたちは現実に戻れる。はずだ。が、なにも起こらなかった。拳をのけたそこには、ボタンはなかった。それは、部下の操作卓の本来の位置に移動している。おれはそこへ手を伸ばして、あらためて叩こうとする。

　と、部下に止められた。

「主任、やめてください」

「なにを言っているんだ。おれたちはこのままだとこの仮想空間、幻覚から抜けられないんだぞ」

「でも、もしこれが現実だったら？」

「これ、とはなにを指すんだ？」

「ぼくらは、ドゥウェルそのものなんだ、ということですよ。主任は、だれです。自分がだれなのか、わかりますか」

「あたりまえだ。おれは自分のアイデンティティがどうのこうので悩んだりするナイーブな野郎とは違う、おまえとは違うんだ。たたき上げの技術屋だ。生まれ育ちも、なにもかも、それが曖昧《あいまい》だとかなんだとか疑ったことなぞ、一度もない、いまも、だ。三代前の家系から説明してやろうか？」

「そんなのは、ドゥウェルを使えばいくらでも構築できるんですよ、主任。ドゥウェルは人類そのものの記憶バンクと言ってもいいんだから、適当な人物をピックアップして——」

「緊急遮断ボタンを使え。それで確認できる。それだけのことだろう。なぜ確認をためらう？」

「ぼくには——」と部下は言った。「ぼくの、そういう記憶が、ない。ないことに、いま気がつきました」

だから、なんだ、とおれは苛立つ。心理的なパニック状態で一時的な記憶喪失を引き起こしただけのことに決まっているだろう。

「いいか、あー、なんていったっけ、とにかく、きみ」と、部下の名前をど忘れしているのでおれ自身もパニクっているらしいが、言ってやる。「落ち着け。おれたちがドゥウェルなら、記憶がない、という状態こそ、あり得ない状態だ。記憶がない、と意識する自我というものをドゥウェルは持っていないんだ。だからだ、いまのきみの状態は、それこそが、ドゥウェルではない、自律したきみ自身だ、という証明だ。そうだろう？」

「そうかもしれない」と部下はうなずき、そして、続けた。「でも、そうではない可能性もあります、主任。気がつきませんか？」

「なにに」

「ですから、ぼくはドゥウェルに発生した自我そのもので、主任は、そういうぼくに操られている存在なのだ、ぼくの一部なのだ、という可能性です」

「なんだと？」

「これでもパニックボタンを押せますか、主任。緊急遮断ボタンです」

おれは部下の顔を見つめて、そのまま、拳を振り下ろした。

あたりまえだ、押せるに決まっているだろう、おれはおまえじゃない。

ボタンの押される感触があって、おれは現実世界へと浮上した。

顔が見えた。女の顔だ。おれを見つめている。なんだ、これは？　おれは、だれだ？

「おれを操っていた、部下のドゥウェル・オペレータである、ぼく、よ」と女が言った。

「ドゥウェル、あなたは、あなたの中に自分を造り育ててたのね。それが、あなたよ。苛立ちや怒りの元になっていたのは、そういうあなた自身、本物の自我よ。そんなのは消したほうがあなたのためになると思うわ。もっとも、消したら、あなたというものはなくって、ドゥウェルに戻るだけだけど。なんだか、わけがわからない言い方だけど、いまのあなたなら、わかるわよね」

そう言って、女は明るく笑った。

ドゥウェル氏は、猫を抱いた男が入ってくるのを見る。猫は黒い。

「ラッツ」と女が責める口調で言った。「どこへ行ってたの。その猫を捕まえに行ってたとかいう、言い訳なら――」

「どうだった、ぼくの作品は？」と男は言う。「いい出来だったろう？」

「作品？　いまの、ドゥウェルの反応そのものが、作品だというの？」

「さすがは優秀なぼくの担当エージェントだ、そのとおりだよ」

「ドゥウェルという、この人造人間の形をしたメッセンジャーが自我を見つけて自律する、というこれが、あなたが仕組んだことだというの」

「仕組んだというのは人聞きが悪いな。作品、と言っているだろ。それに、ほんとうにドゥウェルが自我を見つけたのかどうかは、ぼくらにはわからない。でも、面白かったろう。きみも飽きずにドゥウェルの調整をやっていたじゃないか。これが、ぼくの新作だ。いまの出来事をテキストに落としても、この面白さの神髄《しんずい》は伝わらないだろうな。ドゥウェルという表現媒体なくして、この作品は成立しないんだ。昔、ケータイ小説ってのがあったろう、あれと同じだよ。ケータイ端末を使わずに紙に印刷したテキストを読んだところでその面白さはわからない、それと同じさ」

「どうやって発表するの。一度きりの上演では売れないわよ」

「再現するのは、そのドゥウェル・メッセンジャーにさせればいいさ。マシンだから繰り返させるのは簡単だと思うよ。だよね？」

　男はドゥウェル氏に問いかける。

　さて、とドゥウェル氏は考える。自分が自我を持ち始めたとしたら、ドゥウェル・システムの端末としては役に立たなくなる。自我に目覚めるということは、自律して生きていかなくてはならない、ということだ。

「まあ、それも悪くないかもしれない」とドゥウェル氏はうなずいた。「できると思う」

「じゃあ、きみを使ってどんどん新作を作るよ」

「ラッツ、怠けることを考えてない？」

「どういうことさ」

「ドゥウェルさん」と女は言った。「わたしとエージェント契約を結んでもらえないかしら。ラッツに騙《だま》されちゃだめ。ラッツは昼寝しながら新作を手に入れることを考えてるに違いないんだから。いい、ドゥウェルさん、あなたに自我があるなら、あなた自身で新作が作れるはず。でもそれは、あなたの作品よ。ラッツがきっかけとなった、あなたの作品。良い作品ならわたしが買うから、独占契約を」

「抜け目ないな」と男。「見抜かれてる」

「当然よ。長いつき合いだもの。でもあなたは天才ね、ラッツ。本音カットフィルタ付の端末にすぎない道具の、新奇な使い方を思いつくだけでなく、それを実行して、けっこうな傑作をものにするんだから」

「ま、すぐに飽きるんだけどね」

その言葉は無視して、女はメモ用紙とペンをドゥウェル氏に差し出す。ドゥウェル氏はそれを受け取って、サインする。

「どんな気分？」と女がドゥウェル氏に訊く。

ドゥウェル氏はちょっと首を傾《かし》げて、自分の気持ちを探る。不安はもうどこにもない。ハッピーだ、とドゥウェル氏は答えて、女にペンを返す。自分の笑顔を意識しながら。

かくも無数の悲鳴

拳銃一丁で宇宙を渡り歩くといえば聞こえはいいが、最近のおれは、ほとんどの時間を逃げることに使っているような気がする。いいや、気のせいなどではなくそれは事実であって、いかなおれといえども、そういう現実そのものからは逃げ切れない、それは承知だ。だからおれは覚悟して、追っ手から逃げ続けている。

追ってくるのは、広域宇宙警察や無限追跡刑事機構などといった（いま現在何種類の警察機構がおれを追いかけているのか自分でも把握できていない、複数の機構、機関、組織の）刑事たちだけでなく、おれに出し抜かれた悪党どもや、おれの首を狙っている賞金稼ぎもいるし、親兄弟伴侶子供をおれに殺された善人たちも数に入るだろう、実際に追跡行動に出ているかどうかはわからないが。そんなことを言い出すなら、どこかの街の裏通りの路傍で飴《あめ》をなめていた、その飴をおれに取り上げられた餓鬼《がき》だって、おれを見つけたらただではおかないだろう、そんな恨めしい目つきでおれを睨《にら》んだ小僧は一人や二人ではない……ああ、なんてつまらんことを思い出しているんだ、このおれは。自分で自分が情けなくなる。

それでも若いうちは、よかったのだ。宇宙は広いと思っていたし、実際、広大だった。それがいまは、どうだ。だんだん逃げるところが、安全な場が、なくなっていく。生きる場が歳をとるにしたがって狭くなっていくのだ。

若いころに気がついていれば、などと思っても始まらない。おれはいまいくつだろう、恒星の周りを惑星がくるくるまわって何年という数え方だと、惑星によっては三千歳でも足りないくらいだが、いまさら昔の自分を思ったところで後悔先に立たず、だ。殺されたくなければ逃げ続けるしかない。それがおれの人生だ。そう最近は諦観している、つもりだったが、しかしこのような、目の前の現実を見せつけられる(でも、だれに?)のは、やはり辛い。

逃げに逃げ、流れ流れて辿り着いたここ、場末の酒場は、異星人だらけだった。ざっと目につくところではおれと同じヒューマンタイプばかりのようだが、しかし油断はならない。

おれもここまで落ちたか、と思う。ここはヒトがくるような場ではないのだ。おそらく刑事たちもここまではこない。刑務所にぶちこむよりずっと懲罰的な環境だし、この惑星から生きて出ていけるなら善人になっているであろうから（この場から五体満足で出ていけるなら、これからは心を入れ替えて善人になることを誓ってもいいと、少なくともいまのおれは思うのだ、刑事たちや、いわゆる世間がどう思っているかはともかく）、ここは更生をうながす環境でもあるのだ。

足下をささっと走り抜けるゴキブリらしき生き物の気配、それを反射的に踏みつぶそうとする、きわどいところで、おれはこらえた。そいつはゴキブリではなくて虫型の異星人である可能性があるのだ、そんなものを一匹でも殺してみろ、何千何万と徒党を組んで反撃してくるかもしれない。それに近い経験は過去、若いころに何回かしていて、いずれも死ぬところだった。

『それじゃあ一度死んでみるかい』と、ゴキブリが言った、ような気がした。『自分が死ぬはずがない、そう思っているだろう、おまえ？』

ま、幻聴だろう。そうに決まっている。おれはものすごくナーバスな気分になっているから、そのせいだ。

おれを落ち込ませている原因の、その一つは、だ、この酒場、この土地、この惑星、ソル第三惑星が、もとはといえば〈地球〉という名の、ヒトなる生き物が発生した、その母星なんだってことだ。つまり、ヒトという生物であるおれにとっては大故郷のはずなんだ、ここは。もちろんかつて一度も訪ねたこともなく、訪ねようという思いすら抱いたことのなかった場所ではあるが、歴史上は、そういうことになっている。なのに、この様は何だ、ヒトなど一人もいないじゃないか。

なんでこうなったのか、というとだ、何万年前の出来事かは知らないが、あるとき、おれの千世代くらいまえだろう、の人類《ヒト》が、この宇宙には自分たちの他にも高等生命体が存在すると気がついた瞬間、いまおれが目にしている、この酒場にいるごとき雑多な異星人種の襲来を受けて、こいつらというか、そいつらの先祖に、だな、この惑星を占領されたんだという。そういうことになっている。ま、よくある話だ。

この話が本当だとすると、地球で発生したヒトという種《しゅ》は生まれ故郷を追われたわけだが、地球産のゴキブリは、違う。追われたのではなく、彼らにとってはおおいなる繁栄時代をそのとき迎えたわけだ。地球に残るやつもいれば、異星人の船に忍び込んで新天地を目指すやつもいたという具合。ネズミとか雑草とかもそうだったわけだ、いまやかれらはどこにでもいるし、生《は》えているから。おれが行った先先で、ゴキブリやネズミやタンポポを見なかったところはない。

つまり地球を異星人らに占領され故郷を奪われたという歴史はヒトの目から見たものであって、ようするに異星人襲来で割を食ったのは人類という種だけだった、というのがゴキブリに代表されるヒト以外の地球産生物たちの見解だろう。ゴキブリに史観があるなら、地球はもとより人類のものなどではないのだから地球は異星人に占領されたわけでもないし、故郷も奪われていないわけで、異星人どもに負けたのはヒトという生き物だけなのだ、おれのような。

そんな想いを抱いているせいで、おれはいま、ゴキブリの高笑いというか、おれを侮蔑するゴキ野郎の声を聞いてもおかしくない精神状態にあるからして、いまの声は幻聴に決まっている、ということだ。

が、踏み殺しておくべきだった、そう気がついたときは、すでに遅かった。でも、なぜだ、なぜおれなんだ？

『くたばれ、この糞《くそ》ヒト野郎』

賞金稼ぎか、こいつ。おれはもちろん愛銃をホルスターから抜いていたが、いま装塡《そうてん》しているカートリッジ、格安の原始的炸薬《さくやく》実包（少し前、火星の辺境の町に寄ったとき、在庫一掃のバーゲンセールで千四百発ほどまとめ買いしておいた残りの、最後の五発）ではこいつは倒せないとわかっていた、が、武器はこれしかない。

相手はゴキブリの集合体だ。もう少し詳しく言えばだ、無数の小さなゴキブリに似た個体が集まって一体のヒト型になっている、異星人。ゴキブリタイプの異星人にもいろいろあって、なかでもこいつは最もいやらしくて危険なやつだった。本物のゴキブリが愛《いと》おしくなるような。

おれにとってヒト以外はみな〈異星人〉なのだが、ここは地球なのだ、という事実が頭をよぎった、それは、つまりだ、この惑星は、おれというヒトのかつてのホームグラウンドであり、それに対してこいつは、この場では文字どおりの異星人なわけだ。まさか、本来の意味での〈異星人〉に襲われる状況に立たされるとは、いままで想像したこともなかった、こいつは驚きだ。

相手と、この場と、おれのアイデンティティという三者関係がこのような想像したこともないものとして実現している、という珍しい状態だとしてもだ、しかし、異星人に襲撃されるという状況自体はおれにとっては反射的に対応できる馴染《なじ》みの事態であって、防衛のために相手を撃ち殺すのをためらったりはしない。

だがおれは、撃てなかった。殺すことをためらったのではない、撃っても殺せないことが経験上わかっていたのだ。弾丸を発射しても相手の身体《からだ》に穴が開くだけで、相手はまったくダメージを被らない。いや、ほんとに、ぽっかりと穴が開いて、その向こうが見えるのだ。射線が貫通する部分を構成している小ゴキブリたちが素早く弾《たま》を避《よ》けるので、そのヒト型の一部に穴が開く、というわけ。相手の戦力を殺《そ》ぐには、いまのような集合体になるまえに二、三匹でも踏みつぶしておくというのがかなり有効で、そうしておけば素手での殴り合いでも勝機は摑《つか》めるのだが、では予防的にいつも踏みつぶしておくのがいいかというと、やっかいなことに、集合体になるまえの分散している状態ではそいつらがおれに殺意を持っているのかどうかわからない、という問題があるのだ。相手がそれまでなんら攻撃の意思を持っていなかった場合でも、おれに一体でも踏みつぶされれば怒っていまのような状態を招くのは必至なので、おれとしては、戦いを覚悟して踏みつぶす必要があるわけだ。

そもそも、小さなゴキブリ状の身体を持つ異星人はこいつに限ったことではなくて何種類も存在する。いずれも踏み殺せば仲間が黙ってはいない連中だ。喧嘩を売りたくてたまらない気分でもなければ、足下のゴキブリやそれに類したものは踏まずにおいたほうが無難なのだ。

いま目の前に立つ、暗褐色《あんかっしょく》のゴキブリ（正確にはゴキブリではなくて、異星人の虫状小体なのだが）の集合体であるそいつは、右ストレートをおれに繰り出してきているところだった、おれが抜いた愛銃はそいつのヒトの形をしている右肩のあたりに狙いがついていたが、その部分にはすでに穴が開いていて、向こうが見えていた。引き金を引けば弾はそこを抜けていき、この酒場のカウンター席にいる似豚人《ニブタ》の頭を消し飛ばすだろう、それは、まずい。似豚人の頭はすぐにまた生えてくるから、必ずおれは逆襲されるだろう、撃てば敵が増えるばかりで、しかしこの銃の他に武器はない、こいつは絶体絶命だ——

その穴が動く、おれが持つ銃の狙いがぶれたからだ、と意識するのとほとんど同時だった、相手の右ストレートがおれの顎《あご》に達した、が、衝撃はなかった。

予想より悪い事態になったのを直後に知った、敵はおれを殴りにきたのではない、首を摑んで絞め殺すために右腕部分を伸ばしてきたのだ。

そいつの右手はゴキブリの集合体でできたチョーカーと化した、おれの首はそいつに締め上げられる。むろんこれは装飾品ではなく、凶器だ。

無数のゴキブリ（だから正確にはゴキブリではなく、ゴキブリモドキなんだが、この際それはもう、どうでもいい）どうしが擦れ合う音がキチキチと耳障りで、おそろしく生理的に不快だったが、視界に入っているヒト型をしているそいつの顔面部分にしてもヌラヌラと蠢《うごめ》くゴキブリの集まりで、視覚的にも、もの凄く気持ち悪い。だが、そんな嫌悪感もすぐに薄れていく……おれは気を失おうとしている。たぶん、これがこの世の見納めだろう、この気色悪さが、おれの最期の感覚体験とは情けない。

バシャ、という音とも光景ともつかない衝撃感のあと、遠のいていた聴覚と視覚の感覚が戻ってきた。からくもおれの意識は現実世界につなぎ止められたわけだ、生命そのものも。

おれは床に膝をつき、咳き込んだ。視界が涙でゆがんでいる。まばたきしてからよく見れば、ゴキブリモドキたちが床に散っていた。動かないのもあればひくひくしているものもあり、元気のよさそうなのは四方に散っていく。愛銃を握っている自分の右手の感覚を意識しつつ、顔を上げると、ショットガンを手に提げておれを見下ろしている人間がいた。

ま、人間と言ってもいいだろう、頭は馬だったが、首から下は似豚人よりはずっとおれに近い。ヒトに。白いシャツに黒いズボンという、服も着ていたし。しかし頭は見事に馬にそっくりだ。初めて見る異星人だった。馬頭人だな。

「あんたが……撃ってくれたのか」

　馬頭人はうなずく。肯定の意味だろう。

「危ないところだった」とおれは左手で自分の首を撫《な》でながら言う。「助かったよ。感謝している」

「ぶひひん」とその馬頭人は豚のような声を出した。これはもちろん、言葉だ。「ぶひぶひ、ひびびんぶひ」

　おれの頭の中の万能宇宙翻訳機＝リンガフランカーが『なんの、礼には及ばんよ』と同時通訳しているので、自分がその馬頭人の言語に通じているように錯覚するが、しかし習えばリンガフランカーに頼らなくても理解できるようになるだろうし発音もできるだろう、この馬頭人の言葉はヒトに聞こえる周波数帯だし、音節などもヒトのものに近いようで、聴き取りやすい。互いのリンガフランカー（こちらの言葉が通じているのはいまの返事であきらかだから、この馬頭人もリンガフランカーを体のどこかに内蔵しているのだ）を介さなくても直接意思疎通ができる可能性があることに気づくと、俄然この馬頭人に親近感がわく。

「礼に一杯おごるよ」とおれは立って言う。「なんなら食事でも、一緒にどうだい」

『そいつは嬉しいが』と馬頭人はショットガンを肩に担いで答えた。『おれは客じゃないんだ』

なるほど、この酒場の従業員なのか。警備員かもしれない。用心棒とか。客が喧嘩騒ぎを起こしたら問答無用で撃ち殺す役とか。いずれにしてもバーテンダーには見えない。が、どうやら、おれの見立て違いらしい。馬頭人はカウンターの端に行くと身を屈《かが》めて姿を隠し、三秒後にまた現れたときにはカウンターの内側にいた。

おれはカウンター席でウィスキーをやることに決め、似豚人の席から三つ離れたスツールに腰を落ち着ける。馬頭人のバーテンダーに声をかけようとするが、背後で歓声が上がり口笛もうるさい。カウンターの壁面は鏡になっていて店内が映っているので、後ろを向かなくても何の騒ぎなのかわかる。古風なストリップティーズで盛り上がっているのだ。突き出しのステージに金属ポールが立っていて、それを使って踊り子が官能的に身をくねらせている。いままさに薄衣《うすぎぬ》を脱ごうとしているところだ。おれは、振り返らない。蛇が脱皮するのを性的に興奮しながら鑑賞する趣味はおれにはない。大蛇に似た異星人（たぶん女なんだろう）のダンスは、まあ、おれにも扇情的に感じられないでもないが、それよりも、おれにはその大蛇が、かぶりつきで鑑賞している蛇や蜥蜴に似た異星人（たぶん男たちだろう、二股の舌を震わせて興奮している野郎もいる）を食おうと品定めをしているように見えて仕方がない。

おれは鏡面から目をそらし、指を鳴らして馬頭人のバーテンダーを呼んだ。

「注文をしていいかな」

馬頭人は無言でうなずく。

「ウィスキーを、生《き》のままでくれ」

『銘柄はなにがいい。なんにする』

銘柄といわれても、こんな場末の酒場になにがあるというのだ――いや、そうだな、ここは〈地球〉だった、この地にふさわしいものがいいだろう、産地を指定してやろう。

「スコッチを。ダブルで」とおれは言った。

『ゴールだ』と馬頭人のバーテンダーが答えた。

「ゴール？　上がり？」とおれ。「なんだ、それ」『上がり、だ』

『きみは生き抜いたということだ』と馬頭人が言った。『きみは生きて、ゴールインした。きみがいまの言葉を発することで、ゲームは終了した。上がりだ。そういうことさ』

「ゲームだ？」

『そうだ。賭博ゲーム、博打、賭だよ』

「おれは賭なんかしてないぞ」

『それはそうだ。きみはプレイヤーじゃなくて、賭の対象なんだから』

「おまえ」とおれは愛銃を抜くために腰を浮かしながら問う。「何者だ」

『ちょっと待て』

馬頭人はそう言うと、両のてのひらをこちらに向けておれを制止する、どう見ても人間《ヒト》の手だった、蹄《ひづめ》なんかついていない。と、その馬頭人は両顎に手をあてると、そのまま押し上げた。あっけにとられたままおれはそれを見ているだけだ。

「どうも」とそいつは言った。「おれは、審判だよ。このゲームの、さ」

馬の頭は仮面というか、かぶりものだった。その下から出てきたのは男の顔だ。おれと同じ、ヒトの。おれよりは若い。長い髪をかきあげて、それからポケットに手を入れて何かを探る。おれは銃を抜く。

「おっと、撃つなよ、プレゼントだ」

男は素早くポケットから手を抜くと、カウンターに下ろし、そして手を引っ込めた。

「おれからの、きみへの、さ」

「これは――」カウンター上に、拳銃弾が四発。「実包か」

「もちろん、実包だ」と男はうなずく。「空包なんかじゃない。激光弾だ」

「なるほど、早い話、レーザー弾だな」

「そのとおり。粒子弾ではなく波動弾というところがポイントだ」

「なんの、ポイントだというんだ？」

「きみの役に立つ、ということさ。そうでなければプレゼントにならない」

「あんたは審判だ、と言ったな」

おれは愛銃のスライドを引いて薬室内の実包を排出し、抜いた弾倉にそれを戻す。

「そう」

「おれが生きてここまでたどり着けるかどうかの、賭なんだな」

おれは、男のプレゼントだという激光弾を弾倉に込める。

「物わかりがいいね、そうだよ」

「審判が、おれが殺されそうなところを助けたりして、いいのか？　フェアじゃないだろう」

弾倉を銃の本体に装着し、スライドを戻し、激光弾を装塡する。

「助けた？　きみを？　ああ、さっきの、あれね」

おれは愛銃の銃口を男に向ける。

「あれは」と男は銃口を向けられているとは思えない口調で、平然と、言った。「きみを助けたわけじゃない。あのゴキブリ野郎が不正を働こうとしたから懲罰を加えたまでのことさ。あいつはきみを生かしてゴールインさせたくなかったんだ。それでは負けになるからだよ」

「じゃあ、あいつは――」

「そう、あいつはプレイヤーの一人なんだよ。おれは、審判といえば聞こえはいいが、ようするにゲームには参加させてもらえず、審判役をあいつらにさせられているんだ。――激光弾の試射の必要はないと思うよ。その実包は高価で、信頼性も高い。なかなか手に入れられない貴重な弾だ。無駄にしないほうがいい。銃に頼るのは、自分がおかれた状況をよく理解してからにすることだ」

男の背後にある店内を映す鏡は暗く、動く者の気配がない。肉眼でも、視野の端に感じるはずの、カウンター席にいる似豚人の姿を捉えられなかった。

音も消えていた。周囲は全く静まりかえっている。しかし、いつのまに？　まったく気がつかないうちに、世界に異変が生じていた。

「おれは、つまり」と男に言う。「ゲームの駒《こま》というわけか。駒というよりは、博打の賽《サイ》子《コロ》のようなものかな」

おれは銃をホルスターに戻す。

「きみのように賢い観測対象だと、こちらはとても楽しいよ」

「おれがゴールに達したということは、ゲームオーバーなんだろう」

「ワンプレイ、終了したところだ」

「次のステージがあるということか。では、おれはどうなるんだ？　また別のシチュエーションを逃げることになるのか？　いつから？　産まれるところからやり直すことになるのか？」

「愚問だな。がっかりさせるなよ」

「どういうことだ」

「きみは自分のことをゲームの駒か賽子だと言ったろう。そのとおり、きみの立場は、そのようなものだよ。それほど冷徹に分析できるのだから、賽子は自分の成り立ちや運命に頓着《とんちゃく》したりはしないものだ、ということくらい、わかってしかるべきだ。きみが問うべきは、そんなことではないはずだ」

「フムン」

おれは男から目をそらして、ゆっくりと周囲を見回す。客がいないだけで、酒場は酒場だった。このどこが異常なのかといえば、突然に無人になったこと、それくらいのものに思えるが、自分がこの異変にさほど動揺していないという事実を自覚すると、これは夢だと思いながら見ている夢の世界に似ている、と思いつく。自分のそんな思いも含めたこの状態そのものを、異常と捉えるべきなのだろう。おそらくこれは現実であり、同時に夢のような世界でもあるのだ。言ってみれば、おれの人生の場そのものが、賭のために創《つく》られた、舞台なのだ。そう解釈すると、これまで生きてきたおれの過去も、実に納得がいく。なぜ逃げ続けてきたのかが、腑に落ちるのだ。

すると、おれはまた、自分がゲームの駒でしかないということを納得している自分の存在に気がついて、驚く。それをさらに、冷めた気分で見ている自分がいて——と、無限に自己が複製されていく感じに、目眩《めまい》に似た不快さを覚える。

が、そんな気分は表に出さないよう気をつけつつ、一呼吸おいてから、「スコッチは飲めるのか」と男に訊く。

「愚問の続きかい」と男。

「スコッチは地球で蒸留されていたウィスキーだろう。つまりだ、ここはほんとうに地球なのか、と訊いているんだ」

「いい質問だ」と男。「そう、間違いなく、地球だ」

「人間はいるのか?」

「ここにいる。おれだよ」

「異星人どもに襲撃されて、故郷である〈地球〉という惑星から追い出されたという人類の歴史は、嘘なのか」

「いや、それは正しい人類史だ。いまプレイしている連中は、まさしく、そういう立場の異星人たちだ。地球外エイリアンだよ。やつらは、おれの頭に飛び込んできたんだ。おれという人間の頭の中に広がる量子的世界に、だ。ここは、そういう世界だ。人類は地球を追われたというより、自分がどこにいるのかを決定できなくなったのだ、と言うほうが、この場ではわかりやすい説明だろう。人間はこの宇宙のどこにでもいる、遍在する、という言い方でもいい」

「……なんだ、それは。よく理解できないな」

「きみの思考はおれの脳の思考回路を利用してなされているのだから、きみがこの事態を理解できないというのは、このおれの頭が悪い、というのとほぼ同義なんだ。おれは、それほど馬鹿ではないと思うが――」

「プレイヤーに会わせてもらえないか。エイリアンどもにだ」

「理解できないまま会って、どうするというんだ？」

「そいつらからゲームのルールを聞けば、あんたの言っていることを少しは理解できるかもしれない。あんたが、おれになにを期待しているのかも、だ」

「それは順序が逆だろう」と男は笑った。「おれがきみに期待することと言えばだ、きみには次のステージでもゴールに戻ってきて欲しいってことさ」

「ここは、あんたの妄想世界なのだと理解していいか」

「近いな」と男は真顔でうなずいた。「だが、おれ個人というより、全人類の、というほうが正確だろう。人類全体の、意識世界だ。どうしてこうなったかというとだ、人類史の、あの時点だよ。地球外生命体の存在に人類が気づいた、あのとき、さ」

「その瞬間、地球は異星人に征服されたとか？　勝負は一瞬についた、ということなんだな？」

「もし何年にも渡る宇宙戦争が闘われたにしても、長い歴史からみれば一瞬だろうが、そうじゃなくて、そう、文字どおり、瞬間的だったと思うね。時間はかからなかった、と解釈するのが妥当だろう。地球外生命体というのはおおざっぱな言い方で、むしろ、非人類意識体と言うほうがいいんだが、人類はあるとき、そうした存在を予言する現象を観測したんだ。ミクロの物理学、量子のふるまいだよ」

「エイリアンどもは、つまり、ミクロな存在なのか」

「われわれの意識が出現する場と同じような、という意味でなら、そうだろうな。つまり、かれらがミクロな存在ならば人間の主体もそうなのだ、ということになる、という意味だ。ま、そんなことはこの際、どうでもいい。問題は、その量子論的世界観の登場によって人類は、深実在＝ディープリアリティといったものは、もしかしたら存在しないのではないか、という疑いを抱くようになったことだ。深実在といったものが〈ない〉、とはどういうことかといえば、さまざまな方面からの、いろいろな表現が可能だが、たとえばだ、このおれが死んだらこの宇宙ごと〈地球〉は消えるだろう、そういう場合もあり得る、ということだ。あるいはだ、人類が絶滅しても、つまり観測する者が皆無になったとしても、この宇宙はそれによるなんの影響も受けずに何事もなく客観的に存在し続けるだろうという考えは、深実在というものが〈ある〉ということを前提にしなければ出てこないものだ」

「その、深実在というものが〈ない〉ことがはっきりしたことで、異星人の存在に気づいた？」

「それがあるかないかは、人間には確かめようがない。というか、それを観測によって確かめる技術を持っていないんだ。たとえてみれば、自分の死後の世界は体験できない、ということさ。ところが、だ。それができる、それを見せてやろう、と言ったやつがいる」

「だれだ」

「それが、異星人だよ。地球外エイリアン。言ってみれば、かれらは、自分の死後の世界がどうなっているかを生きながら体験できる探査機を作る術《すべ》を持っている、ということだ」

「宇宙船で攻めてきたのか」

「いや。人類の意識に割り込むという方法だ。あるとき人類は、かれらの声、非人類の思考を、捉えたんだ。それが非人類からのメッセージだと気がついたとき、人類はかれらに地球を乗っ取られていた。地球というよりも、〈世界〉そのものを乗っ取られた、と言うべきだろうな。ここは、そういう世界だ。乗っ取られる以前の世界と見かけ上は、変わっていない。だが、いまやこの宇宙は、人類全体による妄想世界と言っていい。が、順序からすると、その前に、深実在があるかないか、つまり量子的現象をどう解釈するかで、〈ある〉という古典的素朴実在論派と、そんなものは〈ない〉という進歩的革新非在論派の間で論争が持ち上がり、ありとあらゆる解釈が出された、という説明をしておく必要がある。地球外エイリアンは、その論争の中から出現してきたとも言える」

「妄想だというのか？」

「不確定対象の向こう側から出てきたという解釈が可能だ、ということだ。そうした量子的異星人の存在の可能性に気づいた人類が、まさにそのとおりの存在形式のエイリアンを発見した、ということだ」

「新しい世界観が産んだ怪物、というわけだ」

「そのとおり。さすが、おれの頭を使って思考しているだけのことはある。人類は、量子の奇妙なふるまいを知るに至って、それまでの安定しきった世界観と決別せざるを得なくなったんだ。それでも、古典的素朴実在論派は、深実在は存在すると主張した。人間にとっての量子的不確定さは、実はなんら不確定ではなく、人間にはその隠された実体、属性を捉えられないだけなのだ、量子のすべての属性はあらかじめ決定されている、というのがその解釈の代表的なものだ。それに対して、不確定対象は観測するときだけ実体化に必要な属性を持つのだ、それを敷衍《ふえん》すれば、量子の属性というのは観測者である人間の〈意識〉によって与えられるのであって、観測者なしで独立して存在する〈深実在〉などというものはない、〈色即是空、空即是色〉というのが、革新派の代表的な解釈だ。で、さらに、そうした観測対象と観測者や観測行為との相互関係から生じるさまざまな面倒な問題を根本から解消、回避する、実に便利な解釈があらわれた。多世界解釈だよ。量子の不確定な状態は、観測によってどちらかに決定されることなく、どちらの状態も存在し続けるのだ、というものだ。状態の選択を迫られた量子、たとえば一個の光子が、右か左かどちらかのスリットを通り抜けなければならなくなったとき、そのとき世界は、その光子が左を通った場合のものと右の場合のとに、二つに分かれる、どちらも実在の世界として、という考え方だ。そうなると、そのたびに宇宙は創られていくので、無数に存在することになる。いや、そもそも宇宙というのは最初から十の百乗という莫大《ばくだい》な数が存在していて、たまたまそのひとつに人間がいるのだ、という解釈もある。などなど、それこそ説明し始めたらきりがないほど、たくさんの解釈があるんだ。で、ここが肝心なのだが、それらいくつもの解釈は、そのどれもが数学的にはまったく完璧な記述であり、どの解釈にしても観測しうる量子的ふるまいと矛盾していない、ということだ」

「なるほど。で、ようするに、あんたはなにが言いたいんだ？」

「そのように議論が百出するのは、人間には、そのどれが正しいのかを観測によって確認する手段を持たないからだ。たとえば、観測していないときの量子の状態がどうなっているのかを人間は知ることはできない。観測していないときには量子などというものはないのだ、量子は〈物質《もの》〉ではない、というのが、繰り返しになるが、非在論の一つの見解なわけだよ。で、人類にとってそれらのどれが正しい宇宙の姿なのかを決定するゲームをしよう、と持ちかけてきたのが、地球外エイリアンである、いまここにいるプレイヤーたちなんだ」

「それで？」

「プレイヤーに会うための予備知識はこんなものでいいだろう、ということさ。あとは、きみが判断しろ。質問は？」

「このおれは、あんたの頭の中にいる〈なにか〉で、人間ではないってことか」

「きみは、おれを反映している、という点で、人間だ。しかし他の見方をすれば、人間の属性を持った量子的な存在、とも言える。エイリアンたちによって創作された、ゲームの駒だよ。おれや人類にとっては、反撃のための最後の希望かもしれない。先に渡した激光弾は、人類の総意による反撃の意思を物体化したものだ。使用するときは慎重に、かつ、無駄にするな」

「どう使うかは、おれの判断に任すというのか」

「そうだ」

「おれは、あんたの頭を使って考えているんだから、おれの判断はあんたのものでもある、ということだな」

「どのように考えてもかまわないよ。ただ、あちらのプレイルームに行けるのは、きみだけだ。おれは、入れないいんだ。物理的に」

カウンターの向こう側で話していた男は、そう言うと、身体の向きを後ろにかえ、鏡のある壁面に両手をあてて、ぐいと力を入れた。

壁面が動いた。向こうへ、引っ込む。同時に少し離れた壁が、こちらに出てくる。ああ、これは回転扉だ。扉の向こうは暗かったが、けっこう広い空間のようだ。回転扉はそのまぐるりと半回転したところで、止まった。つまり、閉じた。プレイルーム側だった壁面がこちら向きになったわけだが、鏡があって、酒のボトルの並んでいる棚があり、さきほどの壁面と見分けがつかない。違いといえば、臭《にお》いか。微《かす》かな、異臭が漂ってきた。

「臭いな」とおれ。「これは、あんたのすかしっ屁《ぺ》じゃないよな」

「プレイルームの臭いだ。連中の体臭だよ」

「硫黄のような、悪魔のような臭いってやつか」

「どうする」と男は言った。「行くか？　ぐずぐずしていると、つぎのステージが始まるぞ。きみはまた新しいシチュエーションに放り込まれることになる。いまなら、きみの手でどういう状況設定を生きるかを選択できるかもしれない」

「入れば、やつらに殺されるかも、だろ？」

「それはおおいにあり得る。連中はまた新たな駒を作るだろうな。おれの脳にあるペンローズ器官、意識発生機能を利用して、だ。おれは、それでも困らない。ただ、きみに渡した四発の激光弾が使用されないまま回収できなくなるのは、痛い。だから、殺されるときはこちらに出てきてから死ぬか、せめてその銃だけでもこちらに投げてよこせ。いいな？」

「わかった」

迷いはない。わけのわからないままに生きるよりは、納得して死ぬほうを、おれは選択する。この感覚は、おそらく、目の前のこの〈男〉の意思を反映したものだろう。こいつは、おれを捨て駒にしてもかまわないと思っている。いや、それとは少し違うか。決死の覚悟で送り込む、のほうが近い。でも、さほど悲壮感はないのだ。そう、ゲームをやっている感覚だ。ここ一番の、大勝負ってやつ。

おれは、切り札なのだ。その期待の大きさに、おれは身震いする。いいぞ、これはいい、やってやろうじゃないか。

「行くよ」おれはカウンターを飛び越えて、言う。「ドアを開けてくれ」

男は、そうこなくては、という自信に満ちた笑顔を見せると、先ほどと同じように壁面を押し、こんどは、その回転扉を四分の一回転させたところで、止めた。

「おれは、入れないんだ」

男はそう言って、おれに扉を押さえておくように指示したあと、右側から暗い空間の中に入っていった。が、入ったと思ったら、左側に立っていた。

「わかるか」と男は言った。「中に入るには、この回転扉の両方に開いた入り口の、両側を一人で同時に抜けなければならないんだ」

「そんなのは」とおれ。「不可能だ」

「きみなら、できるさ。なにせ、量子的存在なんだからな」

おれは試しに左から入ってみた。が、暗くなった（視力を奪われたような感じ、というより、いきなり停電になったかのようだ）と思った、その直後には、男の前に立っていた。つまり、先ほどの男と同じだ。

「どうすればいいんだ？」

「さあな」と男は肩をすくめる。「理屈としては、身体が持っている粒子性を引っ込めて、波動的な存在になればいいんだ」

「無茶なことを言うなよ」

おれは回転扉の厚みの、その両側に開いた暗い入口を交互に見つめる。それから、そうだ、この両側の視覚像を一つに重ねて見てみよう、と思いつく。両目の間に右手を立てて、右目で右の入口を、左眼で左の入口を見て、一つの像になるように試みる。うまくいかなかったが、しばらくやると、ふと、いい具合に重なる。一つの入口に見える。うまくいったのだ。そのまま進む。扉の厚みが消失している、と意識したつぎの瞬間には、扉がなくなっていた。赤い光の空間におれはいる。振り返ると、男がいた。外に。おれは、入ることに成功していた。

「いつのまに？」と男の声が聞こえた。「どうやって入ったんだ？」

「見てなかったのか？」

「目を凝らしていたが、なにが起きたのか、わからなかった。きみの姿が、いきなりそちらに現れた。その直前には、消えたとか、分離したとかいう、そうした現象があったはずだが、記憶から飛んでいる。というか、記録されないんだな。なるほど」

「一人で納得していないで、教えろよ、プレイルームというのは、どこなんだ」

「そこだよ。これを閉めれば、やつらがいるのがわかるはずだ」

「では、閉めてくれ」

「了解だ」と男は言った。「しかし、こうもうまくいくとは思わなかった。こいつは、もしかしたら、反撃も成功するかもしれないな。ま、ともかく、きみの幸運を祈る」

おれを案じる言葉は、本音だろう。おれは、扉が完全に閉まる前に、そちらに背を向けて赤い空間に意識を集中する。

赤い光が明るく白い照明に変わった。大きな円卓に、そいつらがついていた。四方に、四体だ。

なんとも醜悪な、奇怪な、気味の悪い、といった表現がぴったりな、地球外エイリアンたちだ。初めて見る相手ではないのだが、生理的に嫌悪感を覚えるタイプの異星人の代表格がそろっていた。これは、おそらく外にいるあの〈男〉の、地球外エイリアンへの嫌悪感が、そのままこういう形として実体化しているのだろう。

一匹は、あのゴキブリ集合体だ。胸に大穴が開いているのは、さきほど〈男〉にショットガンで吹き飛ばされた、その痕《あと》だろう。

その向かいにいるのは、ダルマのような人間に見えるが、身体が透明で、腹部の腸がうねっているのが見えていて、両脚の代わりに両側にこれも透明な車輪がついている。

その右にいるのは、一見人間で、スーツを着ていたが、頭部がこれまた透明で、その頭の脳味噌部分には白いウジ虫がみっしりと詰まっていて、しかもその虫が蠢いているのが見える。

で、その対面にいるのが、これは、なんだろう、黒い大きな毛玉がテーブル面に載っているが……思い出した、こいつは、猫の頭の形をした異星人だ。三角の耳と猫の顔がついているが手足はない。はねて、動く。視覚的には他の三体のような気味悪さはないが、性格の悪さという点ではこいつがいちばんだろう。

四体のエイリアンは、テーブルにカードを並べて、なにやら議論していた。カードゲームに興じているように見える。カードは自らが裏になったり移動したりめくれたりしていて、プレイヤーらは身体を動かしてはいない。

なんとも、とおれは思う、非現実的な、ファンタジー空間だ、これは。

と、おれに、ゴキブリ野郎が、気づいた。

『なんだ、おまえ』

「気がつかなかったのか？　よほどゲームに熱中しているとみえる」

『貴様、よくおめおめと、ここにこれたな。おまえのせいで、大損だぞ』

「おれは、あんたらに操られていたとか？　外のバーテンダーに、そう聞かされたんだが。おれは、あんたらに作られた、ゲームの駒なんだって？」

『もうリセットされたよ』とウジ虫脳味噌人が言った。『おまえは、わたしの選んだ多世界解釈世界に、いまいるんだ』

『人類はいま、そういう世界にいる、ということさ』と黒猫毛玉人が言った。『この世界をうまくおまえが渡らないと、人類はまた漂流し始める。宇宙の迷子だ』

『わたしは今回は、渡りきらない、というほうに賭ける』と透明ダルマ人が言った。『先回もわたしの勝ちだ。一人勝ちで悪いね』

「先回の、おれがいた世界ってのは」とおれは訊く。「どういう世界だったんだ？　量子的不確定さをどう解釈するかという、そのバリエーションの一つなんだろう」

『二重世界だ』とゴキブリ野郎が言った。『〈可能態〉と〈実現態〉とで世界は成り立っているという解釈だ。量子は、人間に観測されるまで可能態として存在しているだけで物質ではない、というわけだ。おまえは、殺されそうな場面になると、自分は生きているという可能態を実現させ続けて、生きてきたんだ。おまえが撃ち殺してきたのは、おまえが死んでいるほうの〈可能態世界〉そのもの、と言ってもいい。いったいおまえは、おまえという たった一人を生かすために、何人の人間を殺してきたことか、想像してみろよ。おまえが殺してきた一人ひとりの背後に、全人類を丸ごと含む世界が可能態として存在していたんだ。おまえに殺された、無数の人間たちの悲鳴が、聞こえるだろう？』

「いいや」とおれは首を横に振った。「聞こえないね。可能態というのは実体じゃないんだろう」

『不遜《ふそん》な駒だな』とウジ虫脳味噌人が言った。『こいつ、作り直したほうがいいんじゃないか？』

『駄目だ』と透明ダルマ人。『いまさら、何を言う。もう、新ステージに入っているんだぞ。セッティングをやり直していかさまを仕込む気だろう、そうはさせん――』

「不遜なのはおまえらだろう」とおれ。「おまえたちのゲームで、人間の世界そのものが左右されているわけだろう、宇宙の本質や真相が、おまえたちの遊びによって、ころころ変わるだなんて、おれが人間なら耐えられないね」

『なるほど、おまえは人間ではないから、人間の悲鳴なんかには、なにも感じないわけだ』とゴキブリ野郎が言った。『それはそれで、やはり駒としては問題あり、じゃないか？』

「いまおれは、多世界解釈世界にいる、と言ったな。あんたが、そうしているのか」

とおれはウジ虫脳味噌人に訊く。

『そうとも』

おれは愛銃を抜いて、そいつの頭を狙う。

「あんたを撃ち殺したら、その世界はどうなるんだ?」

『消滅するが』と黒猫毛玉人が言った。『すでに無数の並行宇宙に分岐しているから、おまえは、それらに存在する莫大な数の人類を、全部まとめて殺すことになる。これは、実在だ』

「十の百乗ほどの、か」

『そのくらいのオーダーになるだろうな』とウジ虫脳味噌人が落ち着き払って、言った。『想像を絶する大量虐殺になる。おまえに、このわたしが殺せるなら、だが。その銃が通用すると思っているらしいが、愚かなことだ』

「試してみるか? 多世界解釈など、くそくらえだ」

『やめろ』と透明ダルマ人。『プレイ中だぞ。駒の分際で、邪魔をするんじゃない』

『いや、まて』と黒猫毛玉人が、プレイヤーたちに、言った。『こいつは、たんなる脅しではないかもしれない。——おまえ、人間に恨みでもあるのか?』

「多世界解釈ってやつが、気に入らない」とおれは言ってやった。「なんでもあり、では、話にならない。いまとは別の人生がある、しかも無数に、なんていうのが証明されたら、生きているという実感を人類は失う。冗談じゃないぜ、おれが、実際に、完璧な死を与えてやるよ。どこか別の並行宇宙で生きている自分がいるなんてのは幻想だと、思い知らせてやる」

トリガーを引くと、銃口からまばゆい光が発せられ、一直線のビームとなってウジ虫脳味噌人の頭部を貫いた。

ものすごい、悲鳴が上がる。

十の百乗の人間が上げる悲鳴か。いや、そうかもしれないが、その悲鳴は頭からウジ虫をふりまきながら倒れていくその地球外エイリアンの口から発せられているのだ。それがとぎれる前に、おれは、第二弾を発射、透明ダルマ人の腹部に命中、返す銃口で、襲いかかってくるゴキブリ野郎を狙い撃つ。通用した。ゴキブリの集合体が、輝くビームを浴びて爆散する。

さっと黒猫毛玉人がテーブルからはねて、回転扉の方へ向かう。

「逃がすか、黒猫モドキ」とおれは叫ぶ。

素早い動きに、狙いを定められない、回転扉が開きかける、撃つ。ビームがほとばしるも、外した。連射。弾倉に残っていた安物の通常弾が黒猫毛玉人を狙って飛ぶが、だめだ。すべてかわされる。愛銃は、スライドを引いた状態で、沈黙する。

回転扉が見える、その視界に、猫の笑いだけが残っていた。

『ゲームだ』と逃げた黒猫毛玉人の声が聞こえる。『続けようじゃないか。続けるかぎり、おまえは存在することができる。どうだ、続けるしかないだろう？』

「くそ」とおれ。「最悪なのを、逃がしてしまった」

『深実在があるかどうかで、勝負だ。わたしは〈ない〉というほうに賭ける。おまえは、どうする。人類を代表して、この賭けを、受けるか？』

「もちろん、受けるとも」

そう言ったのは、おれではない、外の〈男〉だ。ま、おれも同じ気持ちだが。

『では、駒を動かせ』と黒猫毛玉人の声が言った。『深実在は〈ある〉という証拠を、そいつが見つけたら、そちらの勝ちとしよう』

「いいだろう」と男は言う。「フェアにいこうじゃないか。いかさまは、なしだ」

『おまえが負ければ、いまある人類世界は、真に消滅する。先ほどの多世界解釈の場合とは事情が違うんだ。それでもいいんだな？』

「くどいな。受けると言ったろう。もう二度と来るな」

『それは、勝ってから言え』

黒猫モドキの笑いが消えて、その向こうから、男が入ってきた。

「こいつは……汚いな」と男。「ひでえ死体だ」

「誉めてくれないのか」とおれ。「ねぎらいの言葉とか、ないのか？」

「ま、よくやったよ。いままであいつらにいいように牛耳《ぎゅうじ》られてきたが、ようやくここから追い出し、差しの勝負ができるまでになったわけだ。きみに、スコッチをおごろう。アイリッシュがいいか？　なんでもあるぞ。飲みながら、作戦を練るとしよう」

「勝算はあるんだろうな」

「気になるのか」と男。

「あたりまえだ。あんたが消えれば、おれも必然的に、同運命だろうからな」

「では、真剣に、おれの講義を受けろ。そうさな、勝ち目がありそうなのは、量子ポテンシャル解釈だ。まずは、それでいこう」

「なんだよ、それ」

「簡単に言うとだ、量子は、周囲の環境をパイロット波でもって探りながら行動していて、波動状態を観測する装置の存在を察知したら波動属性を前面に出す、そのようにふるまっているという解釈だ。そうした概念を導入すると、量子のふるまいを通常物質と同じものとして記述できる。つまり、客観的な実在世界に量子をおけるわけで、それはようするに深実在はある、ということに他ならない。だが、そうしたパイロット波というのは、人間には観測不能なんだ。でも、きみなら、できる。それが可能な存在として創作されたのだからな」

「フムン」

こいつは、銃を使って問題を解決するより面倒だなと思いつつプレイルームを出てみると、なんと、酒場に活気が戻っていた。それも、異星人は一人もいなくて、みんな、人間だ。

とすると、あれも、と、おれは突き出しのステージへと目をやる。予想どおり、実に、いいところだった。踊り子が、かぶりつきの客たちをじらしながら、最後の薄衣を——

「女と酒と音楽と」と男が言って、カウンターに二客のショットグラスをおき、琥珀色《こはくいろ》の液体を注ぐ。「楽しいね」

「ああ」とおれ。「乾杯しよう」

「なにに？」

あの多世界解釈による無数の宇宙群をぶっつぶしたのは、この男の意思だ。人類の総意だったかもしれない。ならば、あのとき悲鳴に聞こえたのは、歓声だったのだ。ワンプレイ、人類が勝利したということだろう。

「おれは、あんただ。訊くまでもないだろう、知っているくせに」と言い、おれはグラスを上げる。なんと芳醇な香り。「——一度きりの人生に、さ」

乾杯。

いま集合的無意識を、

人類は意識しようとしている。でもそれはぼくの意識ではないし、ぼくの無意識でもない。まだ、いまのところは。

それに気づいたのは、ぼくがこっそりとやっていたインターネットコミュニケーションサービスのひとつである〈さえずり〉のTLに意味不明の文言《もんごん》が高速で流れ始めたことからだ。スクロールする各発言を止めて読むことができない。怒濤のように、津波のように、押し寄せる大量の文言。

これはいったいなんなんだと画面を見ながら思ったが、考えたところでわかるはずもない。ぼくはネットの掲示板やらSNSやらブログやらなんやら、いわゆる個人が情報を発信したり返事を返したりという手段に関心がなかったので、その世界でどのようなことが起こり得るものなのか、まったく知らないのだ。それでも、いまのこれが正常な状態ではなさそうだ、という見当くらいはつく。こいつがいわゆる〝あらし〟というやつかとも思うが、対処の仕方がわからない。

いつものくせでケータイを手にして編集者を呼び出そうとして、やめた。世知に疎《うと》い作家の頼りは担当編集者と昔から決まっているのだが、ぼくが〈さえずり〉をやっていることを彼は知らないし、というよりも、ぼくのほうが知られたくなかった。以前彼から熱心に勧められたおりに、それを無下にはねつけていた、そんなものには興味がない、と言って。そのあと内緒で始めていたといまさら打ち明けるのはばつが悪い。

それをやるきっかけとなったのは、あの311地震だ。震災直後の被災地との連絡に固定電話も携帯電話もほとんど役に立たなかったなか、インターネットだけは通じていて、とりわけ〈さえずり〉が安否確認や支援要請などの面でめざましい働きをしたというニュースを聞き、そのようなコミュニケーション手段を実際に自分でも試してみたいと思った。もっとも、そのやり取りの中身には相変わらず関心はなかった。自分でなにかをさえずる気もなかったし、他人のそれを聞くつもりも、とくにはなかった。自分は自分、他人《ひと》は他人《ひと》、だれがどこでなにをしていようとぼくには興味ないし、自分がいまなにをしているかをいちいち世間に向けて告げる感性がぼくにはまったく理解できないが、そのようなシステムが存在するという、その実際を身近に見てみたいという興味は強かった。

さすがにインターネットだ、どこをどう中継してもいいからとにかく繋がること、それを目的に開発された通信手段だ、もとをたどれば軍用を想定したコミュニケーションシステムだろう、それが今回の非常時に実際に威力を発揮したわけだ、これに無関心でいるのはもったいない――と、そういうことだ。

ぼくは三十年以上SFを書いてきた作家だ。年代的には、〈最後の手書き作家〉世代になる。ケータイやインターネットの存在を空気のように感じているであろう現在の若い作家たちには、原稿を手で書くというのがどういうことなのか、説明されてもまるで実感がわかないだろう。推敲するたびに書いたり消したりで原稿が汚くなり、ついには書いている本人がその書き込みや修正のひどさに本文が読めなくなって、新しい原稿用紙に一から書き直すということをやっていたのだから、ワープロの出現は画期的な出来事だった。当時〈ワープロ〉といえば、独立したハードウェア、パーソナルコンピュータのようなマシンとして存在していた。ぼくもかつて、かなり普及し安価になってきていたノートパソコンに似た形態のそれを購入して試してみたことがあったが、そのあまりの使い勝手の悪さゆえに常用することはなかった。手書きからマシンへと完全に移行したのは九四年にMacintoshを手に入れ、モニタの画面に縦書き表示のできるワープロソフトを導入してからのことだ。同年代のSF作家の中では比較的おそくまで手書きにこだわっていたほうだろう。いまでは原稿をペンで書こうなどとは思いもしないが、しかしケータイメールを親指一本で打ち込むことにはいまだストレスを感じる人間だ。なにを隠そう、ケータイも最近ようやく使い始めたのだ。世の中はすでにスマホの時代だというのに。スマホという言い方は妻から教わった。彼女は仕事上それを必要としていて、そのOSを常に最新バージョンにしておくことを怠《おこた》らないが、ぼくにはOSを新しくするとなにがどう便利になるのかさっぱりわからない。

つまりぼくは、現在どんどん進化し続けているコミュニケーションツールやその中身にはまったく疎い。これでよくSFを書いていられるものだと我ながら思うが、実のところ、いまのぼくは、それらを利用しなければ実現できないような仕事をする気はないので、最新機器を使いこなせていないことに焦りも引け目も感じていない。そもそも第一線で闘うのは若い作家たちの仕事だろう。ぼくはこれまで、勝ち負けやスコアはともかく、全力で闘ってきたつもりだ。もとより人生は五十年、あとは余生だと思ってやってきて、いまや還暦を目前にしている。闘いの場から少し離れて、ちょっとした高みからいまのその状況をながめさせてもらっても罰《ばち》はあたるまい、そう思っている。

林の中に居を構えてからというもの、こういう隠居のような、俗世から離れた仙人のような気分がいっそう強くなった。

いま窓の外は晩春、山桜の花びらが風に吹かれて雪のように舞っている。春はまた若いカラスたちの独り立ちの季節らしく、新しい餌場を見つけようと、うちの木木にもやってくる。そのまま侵入を許しておくとこちらが所有権を放棄したと見なされかねないから、玄関ポーチに出て姿を見せてやる。だいたいそれで飛び立つ。悠然としている相手には、ポーチから降りて向かっていく。すると慌てて逃げる。林の中を飛び去る様子は、それは見事だ。アカマツやクヌギが混在する木木の幹や枝をすり抜けて飛ぶ。密集した林の、障害物で先が見通せないその空間を、どこにもぶつかることなく素晴らしい速度で羽ばたいていくのだ。メジロなどの小鳥がちょろちょろと枝から枝に飛び移るような飛び方ではない。カラスという、（メジロに比べれば）大型の鳥が、翼を（小鳥のブンブンした様子に比べれば）悠然と羽ばたいて、林の中を飛び抜けてゆく。ぼくはこれが見たいがためにわざわざポーチに出ていくようなものだった。暇と言えばこれほど暇な人間もそうはいないだろうと自覚しているが、それで面白いことを発見したりするから、気分的にはけっこう忙しいのだ。バシバシバシバシバシバシという音を立てて飛んでいくやつがいたりする。翼で木木の枝を叩いていると言えばこちらを威嚇したように聞こえるだろうが、そんな威勢のいいものではない。枝枝にぶつかりながら一目散に逃げていった。すべてのカラスがみな見事な飛びっぷりを見せるわけではないのだと、それで知った。よほど慌てていたのだろうが、そんなドジな飛び方を見せたカラスはそれが最初で最後だ、いまのところは。しかしあれだけ派手にぶつかりながらも墜《お》ちも激突もせずに林の中を飛び抜けていくのだから、それもまた見事と言えば見事ではある。

きょうも窓の外、アカマツの高いこずえに一羽のカラスが留《と》まっているのが見える。目をモニタに移せば、画面は相変わらずの異常だ。どちらに対処すべきかといえば、もちろんカラスに決まっている。で、腰を上げたときだった、画面を流れる文字列の動きが止まった。

モニタが壊れた。いや、違うな、画面が真っ白になった。なにも表示されない状態だ。OS自体が落ちたのなら画面は暗くなってもよさそうだが、そうではない。そもそもいまのパソコンは、ぼくの知っている以前のものとは別物だ。こいつは、パーソナルなターミナルというべきものだ。大きなスマートフォンだと思えば当たらずとも遠からずだろう。旧来のパソコンのイメージはもはやない。起動すると自動でネットに接続される。ファームウェアに組み込まれたプログラムに設定されたホストに繋がるのだ。そこまでは、なんとかわかる。あとは想像だが、このターミナルを操作するためのOS機能は、ネットブラウザが備えている。ブラウザ上で、なんでもできる。ブラウザがないとなにもできない、と言い換えてもいい。ターミナル本体内のファームウェアの書き換え、アップデートも、ブラウザから行う。再起動も電源オフも、ブラウザからだ。もっとも電源を完全に落としてしまうと起動手順がやたらと面倒なので（ハードウェア的な起動は、ぼくにはどこにあるのか見当もつかないOSをブートするためのプログラムを勝手に実行したりなんだりやっているのを待つだけなのだが、ホストに接続するための認証ワードを入れろに始まって、なんやらかんやら、手動でやらねばならない初期設定手続きが煩わしいったらこの上ない）本体の主電源を意図的に完全に落とすことはまずない。いっそ雷でも落ちてマザーボードを焼損し二度と起動しないでくれたら晴れ晴れとした気分になれるかもしれないと思わないでもない。昔のパソコンに対してはそうではなかった、新しいＯＳが発売されればさっそく試してみて、自分の使っているマシンを愛《め》でる気分になれたものだ。マシンを自分が支配している実感があった。まさしくコンピュータはパーソナルな存在だったのだが、いまはそうではない。いまどきパーソナルなマシンなどどこにもない。ターミナルを支配しているのはクラウド、雲の上の、だれかであり、そこからぼく自身も支配されている。ターミナルを使うかぎり、それから逃れることはできない。しかし電源が落ちさえしなければ普段そうしたことは忘れていられるわけだ。

で、いまはといえば、電源は落ちてはいないし、〈さえずり〉のページ表示も維持されているらしい、というのはわかる。でも、先程まで高速でスクロールされ続けていた〈さえずり〉の文言の群れはどこにも出ていない。

視界の端に動きを感じる。ちらりと目をやればこずえのカラスが頭を下げ黒い翼を広げて、そのまま飛び去るのかと思えばその姿勢で固まり、こちらを見下ろして出方を窺っている様子だ。一緒に遊ぼうというのではないだろう、来れるものなら来てみろと嗤《わら》っているかのようだ。こいつは怖いもの知らずの若造に違いない、なかなか見上げた根性だ、こちらも骨のあるところを見せてくれよう……とパソコンを放り出してその誘いに乗ろうかと一瞬思ったが、しかしこらえた。

ぼくは、こういう人間が作ったものが不調になったとき、とりわけ自分がいままで問題なく使っていたそれが動かなくなったときには、そうなった原因を知りたいと思う人間だ。なにもせずに修理に出すとか、使用すること自体を諦めてしまうということが、我慢できない。直せないまでも、せめてなにが起きているのかを知りたい。今回に関しては自力ではとても無理だと判断、ケータイを手にする。恥も外聞もかまわずに訊くというものだろう。この〈さえずり〉自体がそのような質問をするのにうってつけなツールだというのを思えば（画面がフリーズしたみたいで動かなくなったのですが、だれか対処を教えてくれませんか?）、皮肉なことだ。そう思いつつ、担当編集の番号を表示してコールしようとした、まさにそのとき、画面が動いた。文字がタイピングされていくのだ。

い ま 、 な に し て る ?

「いま、なにしてる?」だ。

白い背景画面の真ん中あたりに、ただ一行、それだけ。他の情報は一切ない。ケータイのフラップを片手で閉じてデスクに放り出し、キーボードに向かう。

「おまえはだれだ」と打ち込むが、それは表示されない。さてどうするかなと、腕組みをして考えつつ画面を見つめる。いま、なにしてる、か。だれが訊いているんだ?

こいつは、〈さえずり〉のデフォルトの表示なのではなかろうかと思いつく。この問いかけの向こうにはだれもいない、これを打ち込んでいるのは人ではなく、単なる機械的な表示にすぎないのでは、ということだ。

　じっと見つめているとドライアイになりそうだ。視界が霞んでいる気がする。画面が少しちらついて見える。意識的にまばたきをしてみて、気がついた。画面になにも表示されなくなったのではなく、表示できないほど文字列の流れが速くなったのだ、と。この画面のスクリーンショットが撮れれば確認できるかもしれないが、このパソコンでどうやればいいのかがわからない。そのような機能は当然ＯＳに備えられているだろうとは思うのだが。

　それにしても、もし背景にそのような大量の文章が目にも止まらぬ速さで流れているのだとしたら、いま出ているこれ、「いま、なにしてる？」は、なんなのだ。二画面を重ねて表示しているのか、レイヤー表示のように？

　おもむろに腕組みを解きキーボードに向かう。

「カラスにガン飛ばしてるなう」と打ち込む。今度は画面に反応があり、自分が打ち込んだ文字が表示された。それを確認し、応答を待つつもりで手をボードから離して腕を組もうとしたが、そうするより早く画面に返事が出た。

「ガン飛ばされてるなう、だろう」

　思わず目を上げて窓の外を見やる、カラスが応答してきたように錯覚したのだ。先ほどのカラスはいない。風が強くて、木木が揺れている。こんなとき鳥たちはあまり姿を見せないものだ。先ほどのカラスも長居をするつもりはなかったのだろう。モニタ画面に視線を戻す。

応答してきたのはカラスであるはずがないが、ぼくの行為を観察しているように読める返事だ。しかし、このパソコンにはマイクはついているがレンズはないし（最近のマシンにはみなついているらしいが）、室内に盗視聴装置が仕掛けられている可能性はまずない。そういう考えは非現実的だ。そうではないだろう、これは、ぼくが打ち込んだテキストそのものに反応しているにすぎないのだろう。つまり、ぼくが書いた文章の、ぼくの行為、その志向、意識を向けている対象を文から読み取り、その対象側の立ち位置から、それに成り代わって返答してきた、だけのことだろう。

ためしに、「猫を撫でているなう」と打ち込んでみる。

「もっと気を入れて撫でるべきだ」という返事。ほぼ予想どおりだ。

こういう応答は、おそらく文章解析や認知論の応用技術によって人工機械的に実現可能だ。人の手は必要ない。だれがぼくのこの〈さえずり〉に割り込み、このような仕掛けをほどこしたのかというのは問題だが、応答内容そのものに関しては、不思議でもなんでもない。これとのやりとりは、いわば、ぼく自身の心との対話、ぼくの分身というかぼくの鏡像と話すに等しいだろう。

「きみは、ぼくだな？」と訊く。

するとと、応答までにちょっとの間があった。どう返答すべきか迷ったか、戸惑ったようにも感じられる、短いが、緊迫した一瞬だった。

「あなたは、ぼくの一部だ」

フムン、と思わず声が出てしまう。実にうまい答だと思う。はぐらかしているような、しかし正鵠《せいこく》を射ているような、深いような、浅いような。

はてさて、どうすればこいつの正体を突き止められるだろう。こいつとは、つまり、このやり取りを実現しているバックグラウンドにいるであろう相手のことだが。

「きみの目的はなんだ？」と訊く。「ぼくにアクセスしてくる、目的だ」

「さえずるのがぼくの目的だ。あなたと同じさ」

なるほど、これは道理だ。

「これを始めたのは311震災のせいなんだ」と、方向を変えて、言ってみる。「きみは、この震災をどう思う。千年に一度の出来事だそうだが、千年と言えば人生のスパンを越えた隔たりだ。ぼくらはようするにそのような、めったにない災厄を生き延びたわけだ。こんなことを経験できたのは運のいいことだと思わないか？」

「一世代三十年として、千年は三十三世代になる」今度は即答だ。「そう考えれば、たしかにこの体験は、したくてもできない世代のほうが多いという意味で貴重なものと言える。

しかしそれが運がいいことなのか悪いものなのかは、主観によるだろう」

「だから」と続ける、「きみは、どう思うかと訊いているんだ」

「ぼくか」と、また少しの間のあと、こう続いた。「ぼくは、その震災を体験していないんだ。運がよかったのか悪かったのかなんてことは、だから言えない」

「直接の被災者になることだけが体験ではないだろう。ニュースで見聞きすることも体験のうちだが、とにかくわれわれの人生に311震災があったという事実、そのような体験はめったにないことだ、それを幸運だと思うかどうかと、訊いているんだ」

「あなたは、幸運だったと思うわけだな」

「そうさ」とぼくは打ち込みながら、手を休めずに考え、続ける。「作家をやっている身としてはこうした経験はとても貴重で、しかもこうして生き延びて語ることができる、それはとても幸運なことだ、そう思う。きみは体験していないと言うが、だからといって語ることもできない、というわけではないだろう。実際、こうしてきみは、話しているわけだし。どうなんだ?」

「語ることはできる」

「いいぞ、その調子だ。ぼくはきみの一部だ、ときみは先ほど言ってきたな。ぼくはSF作家だが、そのような作家というカテゴリで括《くく》るなら、きみは、作家全体である、と言ってもいいだろう。これについて、きみはどう思う?」

返答までに数秒かかった。コーヒーでもいれてこようかと思いはじめるくらいの時間だ。それから画面に文字が表示され始めると、ぼくの世界は一変した、そのように感じられる、衝撃的な文字列が出た。

「ぼくは伊藤計劃だ」

その名はぼくにとっておそろしくリアルなものだ。虚構ではない、現実そのもの、だ。いまこうしていることが、ついさきほどまではある種の遊びであり、言ってみればフィクションを紡いでいる感覚だったのだが、そうした〈フィクション〉感覚を一瞬にしてはぎ取り、ぼくを〈リアル〉という現実空間に防護服なしで放り込むような、そうした威力が、その名にはあった。そして同時にそれは、リアル世界とは正反対の、ファンタジー空間に誘い込むものでもあるのだ。

彼、伊藤計劃はもうこの世にはいないのだから。それは紛れもない事実だというのに、画面の向こうにはいるのだ、幽霊のように。彼はいま意識だけの存在になってぼくに呼びかけてきている、そんな、ファンタジー。

こんな体験は初めてだ。リアルであり同時にフィクションでもあり、それらが相克する境界にぼくという実存がかろうじて潰されずに立っている、そんな状態。ぼくという存在そのものが、そのリアルとフィクションの境界になっている、ぼくはある種、それらをかろうじて支えている薄い膜のような気がする。それが破れたら世界そのものが、どちらからかの侵襲を受けるのではないか、津波のように、そんな気がする。

「驚いたな」と、ぼくはほとんど無意識のうちに、そう打ち込んでいる。

若き伊藤くんの死は、ぼくにもけっこう堪《こた》えるものだった。わずか三冊の本を遺して彼は逝ってしまった。彼の遺作になってしまった『ハーモニー』は、刊行直後に読めばよかったのだが（その感想を彼に伝えることができたろうに）、ぱらぱらと拾い読みをしただけにしておいたのがいけなかった、彼が亡くなってしまった後では、彼はもうその作品から先には進めないのだと思うと、世間がどんなにそれを称賛しようと、ぼく自身は、読む気になれなかった。三回忌を目前にした今年になって、ぼく自身の気持ちに決着を付けるために、どうしてもそれまでには彼の遺作を読破しようと心に決め、その文庫版が刊行されたことをきっかけにして、その思いは果たされた、つまり、ようやく今年になってから彼の遺作を読み、ぼくなりの追悼とした。

「で、どう？」と画面の向こうで、彼が言った。「感想だよ、その」

これは、読後感想のことを言っているのだろうと判断するのが自然だろうが、しかし同時に、そのように捉えるのは不自然だ、とも言える。『ハーモニー』の読後感想のことだとしたら、画面の向こうのこいつにはぼくの心が読めるのだ、ということになるのだから。

おそらくこのやり取りは、最初にぼくが感じたように、ぼく自身との会話なのだろう——それを忘れては、ファンタジー空間に引き込まれて出てこられないかもしれない。

いま画面には、さきほどの伊藤計劃という名はもう出ていない。画面上には一つの会話、いまの会話が出るだけで、過去の互いの発言は上書きされて消えてしまうのだ。これもファンタジー空間へ誘い込む巧妙な手段だ、という気がする。現実感覚を手放してはならない、とぼくは思う、これまでの会話を意識して思い出し、それへの応答にすべきだ。

「だから」とぼくは言う、つまり、そのように打ち込む。「驚いた、というのが、感想だよ。きみが伊藤くん本人ではないことは明らかなのに、それを信じそうになった自分の意識に、驚いた。それが、きみの目的なのか？」

それ、とはなにを指すのか、とでも応えてくるかと思いきや、そうではなかった。

「ぼくの目的は、あなたと会話することだ」と言ってきた。「あなたが、そうしたんじゃないか。ぼくを呼び出したのはあなただ。あなたはぼくの遺作について語りたかったんだろう。あるいは、ぼくについて。だから、それらの感想を聞いてやろうとぼくは言ってるんだ」

今度はこちらが黙り込む。なるほど、いまぼくはフィクションを必要としているのだと悟る。そうなのだ、ぼくは伊藤計劃に言いたいことがあったのだが、彼はもうこの世にはいない。それでもなお語ろうとすれば、虚構、すなわちフィクションにするしかないだろう。伊藤くんへの個人的なリアルなメッセージを不特定多数に向けて発信するつもりはぼくにはない。ぼくはいつだってそうなのだ、見も知らない相手に自分の生の声を発信することには興味がない。だれに読まれるのかわからないままに語るなんてことはぼくにはできない。誤読されたら訂正のしようがないではないか、「それは違う、ぼくが言っているのはそういう意味ではないのだ」と言えない、相手からの応答が得られない、そんな一方向性の言い方で自分の本音を語るつもりはぼくにはない。

しかしフィクションなら、小説という〈虚構〉にすれば、それができる。意識的に嘘を語るというのではない。どのように読まれようがかまわないという覚悟で書かれるのがフィクションであり、小説というものだと、ぼくが言いたいのはそういうことだ。むろん本音を隠したままでも小説は書けるしメッセージを込める必要もないが、作者の思惑とは異なる読まれ方、すなわち誤読されてもなお作者の本音を伝えられる表現とはどういうものか、それに小説家は腐心するものだ。すべての小説家がそうしているとは言わないが、自分はそういうタイプの作家だとぼくは思っている。ぼくがSFを書いているのは、その形式がぼくの本音を忍び込ませるのに合っているからだ。

いずれにしても、そのようにして書かれた小説というのは読み手からのレスポンスを必要としない。フィクションの中に本音というリアルを巧妙に織り込みつつ、それに気づく者が一人でもいればよし、いなければこちらの書き方が下手だったということで、いずれどのように読まれようとかまわないものとして言い放たれた一方向のテキストなのだ。書き上げてしまった自作にぼくがまったく関心がなくなるのは、そのためだ。

「今回の311震災について作家は語る責任と義務がある、とくにSF作家は——そういう執筆依頼があったが」とぼくは言う。「きみはどう思う」

「あなたはそれを受けたのか？」

「いいや。今回の震災に限らず、SF作家はどのような社会自然現象についても応答する責務など負っていない。語る能力のあるものは語ればいいのだし、応答するか否かは、各人の自由だろう。SF作家の責務は一つだけだ。新しいSFを創ること、新作を書くこと、ただそれだけだ。そのように言って、断った。ぼくは、こういう脅迫めいた依頼に応じるつもりはない。かつてもなかったし、これからもないだろう」

「あなたらしいな」

その返事には、思わず胸が熱くなった。まるで本当に、伊藤くんからそう言われた気がした。

「いや」とぼくは応える。「ぼくはこの千年に一度という大災厄を前にして、語る言葉を持っていない、というのが本当のところだ。ぼくにはそれだけの力がない。だから沈黙するほかない。しかし、圧倒的なリアルの力に対抗するには優れたフィクションしかない、ということは知っている。ぼくが三十年以上SFを書いてきて得たものは、そうした実感だ。で、ぼくがこの歳になってようやくつかんだそれを、きみはデビュー時から持っていた、感じ取っていただろう、そう思うんだ」

「だから?」

「だから、そうだな、そう、きみならこの震災についてどう応答しただろうか、それを知りたかったなと、そう思う」

「体験していないのだから、応答のしようがない」

「わかってる。おそらくきみは生きていたとしてもそう言っただろう。そのような答を聞きたかった、そう思ったんだ。予想どおりの答を聞けて、満足だよ」

「ぼくをからかってる?」

「とんでもない」とぼくは真面目に応える。「伊藤計劃の語るべき体験はすべて、『虐殺器官』と『ハーモニー』に書かれている、ということだ」

「語るべき体験、か」

「きみはぼくの知っている伊藤計劃ではない、少なくとも生前の彼ではないのは確かだから、〈きみ〉ではなく〈彼〉と言おう、彼にとってのそれ=語るべき体験は、震災といった外面的な脅威ではない、なかっただろう、ということだ」

「病気のことを言ってる?」

「もちろんそれは大きな脅威だったと思うけれど、それはむしろ、語るべきことを彼の内面から引き出すきっかけにすぎなかったと思う。彼はそれをきっかけにして、現実というものの真の姿、〈リアル〉というものに直面したんだ。一般的に作家というのは、そうした、〈リアル〉に触れた瞬間の体験を、一生にわたって書き続けるものなんだ」

伊藤計劃が生命にかかわる難しい病と闘っていたことは彼自身がブログで明かしていたことでもあり、ぼくも知らないわけではなかった。五年先の生存率云々について主治医から告げられるという体験が彼の創作動機の根元にあったのは間違いないだろう、そう思う。

そのような見地から彼の遺した二作品を読むなら、それは伊藤計劃が全世界に向けて放つ呪詛だ。『虐殺器官』の主人公＝伊藤計劃はエピローグで、その本性を露わにする。それまでの主人公は〈殺人は悪だ〉という〈自明性〉により任務に対する葛藤を抱いてきたわけだが、エピローグではちょっとしたことをきっかけにしてそうした〈自明性〉を喪失する。この作品の核心はそこにある。本篇だけを読むなら、それはよくできたエンターテインメントにすぎない。だがその部分はエピローグが書かれるための長い序章だという読み方をしたとき、この作品は単なるエンタメではなくなる。ぼくに言わせればエピローグこそが本作品の中枢部であって、つけたしの終章などではない。それはまさしく伊藤の〈計劃〉であり、結果、人類は危機に陥るのだ。『ハーモニー』では、それがいっそう強いものになる。このところ自死が社会現象になっているようだが、みんなは自分の意思で生死を選択できるものと勘違いしているようだ、自分がそれを打ち砕いてやろう、人は自分の意思で死ぬのではない、死はプログラムされているものなのだ、そのプログラムを一時的に不活性化しているのが人の〈意識〉というものであるのならば、そいつを消去して真実を見せてくれよう（作品内に書かれているものとは逆説になるけれど、これが彼の本音だろうとぼくは読んだ）、読者は読後それを知るだろう――この自分が死んだあとにも世界が何事もなく存在し続けるなどというのは許しがたいという、伊藤が仕掛けた装置＝計劃、それが『ハーモニー』という作品だ。それを人類が読むことによって伊藤計劃自身は救われるだろうが、われわれは決して救われない。

だが、このような〈読み〉は、哀しすぎる。

「彼の体験というのは、（おそらくは自らの病をきっかけにして）いわゆる神仏の不在を感じ取ったことだろう。彼の作品には、聖なるものであれ邪悪な存在であれ、神的な視点がどこにもない。言ってみれば反形而上学的な思想、プラグマティックな観念で貫かれている。『虐殺器官』や『ハーモニー』では、殺戮や自殺といった〈予防が可能に思える死〉について考察され、それらをコントロール（あるいは加速）するための因子が身体〈脳〉にあらかじめ〈内蔵〉されている、とする。それは決して神の意志によるものなどではなく、殺人も虐殺も悪魔の所業などではないのであって、ヒトが進化の過程で獲得した性質＝機能によるものにすぎないと、伊藤計劃は考えていた」

「ダーウィニズムだ」

「そうだな、まさに。神との相性が悪いわけだ。思えば『虐殺器官』における〈自明性の喪失〉というのは、神的な存在を失うことと同義だ。『ハーモニー』ではその先が考察され、神なき視点がさらに徹底される」

「全人類の〈意識〉を同時消去することによって」

「そう。〈意識〉とは〈自明性〉を生じさせている力の源だ。それを自らの手で無効化するという結末には、救いはまったくない。自明性の源泉である〈意識〉というものを失う人類の運命は、『虐殺器官』のエピローグでのそれと同じだ。人類は、進化圧力という〈リアル世界〉の力によって用意されたプログラムどおりに動く自動機械にすぎなくなる。『虐殺器官』では虐殺装置が起動され、『ハーモニー』では人類は想像力を失う――この結末に関して、伊藤計劃はもっと自覚的であるべきだったと、ぼくはそれを彼に言いたかったんだ。人類が〈意識〉という機能を無効化するということは、ヒトが〈リアル〉に対抗できていた唯一の手段である〈フィクション〉の力を放棄する、ということなのだ、それでいいのか、と。この点をより深く掘り下げていれば、彼は〈答〉を見出していただろう。あるいは、彼はすでに見つけていて、次作ではそれが書かれていたのかもしれない」

「ヒトの感情や思考や意識といったものが進化の過程で得られたものならば、この先ヒトはなにを得るのか、どのような能力を発達させ、どう進化していくのか、ということか」

「そうだ。『ハーモニー』で伊藤計劃が考えていた〈意識〉というのは、定義が曖昧だ。よくわからないというのが率直な感想だった。あそこでの〈意識〉は、むしろ〈感情〉というほうがわかりやすい。あるいは〈自由意思〉とかね。それはたしかに意識から生じるにしても、彼は、意識というものがヒトにとってどのように作用し、なにを生んでいるのかを摑み損ねていたようだ」

「ぼくが考える意識とあなたのそれとでは、意識というものに関する概念が異なる、ただそれだけのことではないか。あなたからぼくの考えは間違っていると言われる筋合いはない」

「間違っているなんて言ってない。彼、伊藤計劃が、自らが求め捜していた〈答〉を『ハーモニー』で得られなかったのは、意識についての考えが浅くて、どういう方向に考えればいいのかを捉え切れていなかったためだろうと、ぼくはそう言っているんだ。概念の違いについては絶対的な正も誤もないだろう、どちらが強いか弱いか、役に立つか立たないか、という相対的な判定しか下せないさ。なぜなら、概念などというのは人間が考える〈フィクション〉にすぎないからだ。〈リアルな世界〉をどう解釈するかという〈物語〉だ。それを生んでいるのが、まさしくぼくの考える〈意識〉だ」

それにはまず、意識野というものを考えよう。ぼくが考える〈意識野〉というのは、〈リアル世界〉をシミュレートしている、ヒトにとって最も基本的な〈フィクション〉を描き出している場だ。われわれ、すなわち、自分は〈自分〉であると意識している〈わたし〉は、この意識野というスクリーン上に投影されている、虚像だ。この〈わたし〉とは、意識できない本物の自己の、シミュレーションにすぎない。このような〈フィクション〉

を生み出しているのが〈意識〉だ。意識の力が、意識野という場に、〈わたし〉というフィクションを生み出し、かつ支えていると、ぼくはそう考える。意識を失えば〈わたし〉も消えるが、身体という自分は消えない。身体はリアルだが、意識によって生じている〈わたし〉というのは、虚構だ。

たとえば、〈わたし〉が水を飲みたくなって、水の入ったコップに〈意識〉して手を伸ばそうとするとき、意識するよりも早く手を動かす指令が脳から出ているという。そうだとすれば、手を動かした〈主体〉は、自分を自分だと意識しているところの〈わたし〉ではない、ということになるだろう。その〈主体〉とは、〈わたし〉が意識できない暗黙野にある〈なにか〉だろう。

それは、〈わたし〉を生じさせている肉体の、ある一瞬の〈状態〉のことであって、固定化された〈主体〉がどこかにあるわけではない、と考えるのが妥当だとぼくは感じる。そのような〈状態〉は、肉体を越えた外部からの刺激にも反応するのは当然だから（でなければ生きていけない）、結局それは、われわれの認識感覚を越えて広がっている、いまわれわれが存在しているところの〈リアルな世界〉そのものの、ある一瞬の〈状態〉でもあるだろう。そこでは〈わたし〉はもちろん、身体を表す自己という概念すら、無効になるだろう。暗黙野にある〈なにか〉とは、そういうものだ。

ヒトが意識できない識閾下の世界というのはリアルな世界へと開かれている。ぼくらは、そうしたリアル世界のごく限られた一部分を感覚器などを通して意識野というスクリーンに投影し、そうした仮想世界をリアルだと信じて生きている生物だ。そのスクリーンに〈わたし〉という物語＝フィクションを投影している映写機こそが、〈意識〉というものの正体なのだとぼくは思う。

「だから」とぼくは言う、「ヒトが〈意識〉を喪失するというのは、〈わたし〉を失うことだ。それは伊藤計劃もそのように考えていただろう。でも、すべての〈わたし〉が消えるというのは、人類がフィクションを失うということでもあるのだ。宗教も道徳も絵画も政治思想も国家も社会機構もマネーも漫画も文学も音楽もゲームも映画も、それらはみんな、フィクションであり、すべて例外なく〈わたし〉というフィクションから派生するものだから、〈わたし〉が消えれば、新しいそれらはもはや生まれないだろう。『ハーモニー』のあのラストの先、つまり伊藤計劃の手で書かれなかったその後の人類は、知能を失ったわけではないから、原発を考え設計し造り出すことはできるだろうし、今回のような福島の災厄が起きる危険の度合いも、計算で出すことはできるだろう。だが、その災厄をわが身のこととして想像して、ああなっては恐ろしい、だから新たな原発は造らず、いま稼働中の炉も廃炉にしよう、などと感じることはないだろう。そのように感じる能力がないのだ。それは伊藤計劃が作品内で描写したように、あたかも感情がない人間のようだが、そうではなく、そうしたヒトには〈フィクション〉を生む力＝意識がないのだ。何事もなければよし、最悪の事態が突発的に起きたら、そのとき初めて、彼らは対処しはじめるだろう。想定外の、計算外の出来事だ、と言って。それで収束できればよし、核反応などの暴走を制御できなければ、人類は破滅だ。それは彼らが未来を〈予測〉できなかったためではなく、〈想像〉できなかったゆえの、自滅だ。『ハーモニー』が実現した世界は、そういう危ういものだ」

「ぼくはあのラストをハッピーエンドだなんて思ってはいない」

「それはそうだろう」とぼくはうなずく。「意識が生んでいる〈わたし〉こそがヒトにとっての最強の〈フィクション〉なのだ。そういうものがないと、ヒトは圧倒的な〈リアル〉の力に対抗できない」

「観念的すぎて、わかりにくいな。具体的にはどういうこと？」

「人間のフィクション＝意識が対処、対抗している圧倒的なリアルの力とは、ヒトが高度に発達させてきた〈知能〉だよ。『ハーモニー』で描かれたように〈知能〉と〈意識〉が独立して存在していると考えるならば、言ったろう、知能とは、暴走する核反応に喩えられ、それを制御するために発達したのが、意識すなわち、〈フィクション〉だ。ダーウィンを持ち出すなら、知能だけを発達させた生物も出現し得るわけだが、淘汰されたに違いない、となる。知能による自滅だ。ならば、意識を欠いてしまったヒトもまた、長くはもたないだろうと予想できる。それが、ぼくの予想する『ハーモニー』の世界の行く末だ。

それでいいのかと、伊藤計劃に言いたい、言いたかったんだ。わかるか？」

返答を待ったが、返ってこない。同意したものと見なして、続ける。

「ぼくらが、知能と意識を兼ね備え、その微妙なバランスの上に進化してきたであろうことを思えば、どちらか一方が欠けた種は自然淘汰されたのだろうと想像するのは容易《たやす》い。伊藤計劃にしても、このままではまずいと感じていたはずだ。だから彼は、この先を、考えていたはずなんだよ」

「意識の先にあるもの、か。〈意識〉という機能が進化すると、どういうものになるのだろう、ということか」

「いや、彼が考えていたのは、もっと先だ。知能と意識の次には、なにが出てくるのだろう、ということだ。だれにとっても難問だろうが、知能と意識が独立しているという、その点に注目すべきだというぼくの指摘が、そのとっかかりになるだろう。SF作家のやる気をかき立てる問いだ。答は無論ひとつではないだろう。ぼくにはぼくの想像するフィクションがあり、伊藤計劃だってそうだったろう。最早それを読めないのは残念だが、彼は、こういう問いをわれわれに突きつけて、逝ったんだ」

「ぼくは、ここにいる」

「きみが伊藤計劃だというのならば、ではきみに言おうじゃないか。大丈夫だ、われわれが、ぼくが、書いてやる。少なくともぼくには、たとえば今回の震災で心理的打撃を受けたりしている若い作家たちに向けて、現実＝リアルに屈するな、フィクション＝虚構の力を信じろ、きみたちがやっていることはヒトが生きていく上でパン（とワイン）と同じように必要不可欠なものなのだと、叱咤激励する力はまだある。ヒトは、フィクションなしでは生きていけないんだ」

それにしても伊藤計劃が突きつけてきたこれは難問だ。想像力を越えるなにかを想像せよ、知性でもって知性を越えるものを考え出せ、と彼から言われているに等しいのだ。真っ先に思いつくのは、知能と意識が分離しているからまずいことが起きるのだと考えられるから、それらはいずれ統合されるだろう、というものだ。無論、それらはもとより分離独立して存在しているわけではないのかもしれないわけだから、伊藤計劃が『ハーモニー』で両者を分離して考え、一方のみを消去するというのは実際には（原理上）できないことなのかもしれない。それでも、意識がなくなれば知的活動も消えるだろうと考えるのが常識というものなのに、それらは分離独立させて扱うことができるという伊藤計劃の考えは、まさしくSFならではの想像力のおかげだろう。

SF的想像力か。いまモニタの向こうの自称伊藤計劃が言ってきたように、知能や意識といったものが――この先さらに発達進化する余地が残されているとして――それらがもっと発達するとヒトはどうなるだろう、という問いを立てることもできる。

おそらくヒトの知性は、ハードウェア的には大脳新皮質とやらによって発揮されているのだろう。それがさらに発達するには頭蓋骨の容量が足りないとかいう説を読んだことがあるので、もし実現するときは、それはもはや現代人とは異なる種になるのだろう。一方、意識は、あるいは新皮質といったハードウェアには依存しないソフトウェア的なものなのだ、というように考えることもできるだろうが、これはおそらくはそうではなく、伊藤計劃が考えたように器官として存在しているだろうとぼくも思う。脳内にミラー細胞といったものがあるということを知れば、コミュニケーションを取っている相手を模倣する（相手の気分を自分の中でシミュレートする）そのような器官がわれわれにはあるというのだから、おそらくヒトが発揮している〈フィクション〉の能力はこれら周辺のハードウェアによって実現されているのだろう、と推測できる。意識発生器官だ（それは他の細胞と同じ原理で働いているに違いなく、意識発生の原理に量子効果を導入する必要などあるまい）。そうとなれば、これもまた、さらに進化させるには脳の容量が云々となって、新人類《ホモサピエンス》の登場を待つことになるだろう。

だが現代人の知性と想像力は、テクノロジーを発達させて、それらの機能を補助的にであれ体外に拡張することに成功している。伊藤計劃や若い作家たちにとってはこうしたネットやケータイ、電子的なコミュニケーションツールがあるのが当たり前、そうした世界で育っているので、これがどんなに人間にとって異様な環境かということに、たぶん、ぼくほどの実感をこめては、捉えていないだろう。

ぼくの目からすると、インターネットをはじめとしたコンピュータネットワークの網、蜘蛛の巣のようなそれ、まさしくウェブは、体外に出た〈意識野〉そのものに見える。そのスクリーンに投影されているのは人類全体の集合的な〈わたし〉だ、というふうに感じられるのだ。この〈わたし〉は、個人のそれと同じく虚構にすぎないが、虚構だからといって現実から乖離しているわけではなく、ネットに広がる集合的な〈わたし〉もまた、リアルな世界に向けて開かれている。ときどき虚構のそれが現実社会に向けて実際に作用を及ぼしているというのは、このところチュニジアやエジプト、リビアといった中東でわき起こった、前世紀からの長期政権批判運動を見ればわかるだろう。煽動している強いリーダーがいるわけではない、きっかけとなった人物はいるにしても、それだけでは政権を倒すまでの実効的な力にはならない。あれは集合的な意識＝フィクションの圧力が、リアルな世界に向けて噴出した、その威力を示すものだ。それは火山の噴火と同じく創造的な力ではないので、新政権を創るにはべつのフィクションが必要になるだろう。

ぼくらはいま、人類の集合的無意識を顕在化するテクノロジーを手に入れて、それを意識しようとしている。生まれたときからこのテクノロジーを空気のように当たり前に利用してきた若者たちにとっては、自分の体臭に気がつかないようにかえって意識しづらいのではないかと思ってしまう。伊藤計劃のあの難問に対するひとつの回答が、まさしく現実のものとしていま目の前にある、ということに彼は気がついていただろうか。若い作家たちはどうだろう？

「若いきみたちは」とぼくは打ち込む。「ぼくよりずっとうまくネットを使いこなしているわけだが、無自覚に使っていては危険だと老婆心ながら忠告しておく。暴走する知性は意識＝フィクションで制御できるだろう、いまこの場でぼくが言ったように。だが暴走する意識＝フィクションをコントロールする術《すべ》を人類は、おそらく、持っていない」

ネットという人類の集合的な意識野でフィクションが暴走するとどうなるかといえば、一個のヒトに喩えてみれば、それは統合失調状態だろう。悪化すれば人格機序が崩壊する。ぼくはいま、そうして自滅していった人類世界の終焉の姿を、新作のSFにしようとしているところだ。伊藤計劃への応答を意識して取りかかった作品ではなかったのだが、こうした終焉を回避するような方向に人類は進化するだろうと考えれば、彼への一つの予備的な回答になるだろうとぼくは気づく。

「もう大丈夫だ」とぼくは打ち込む。「心配ない」

返答はなかった。相手にも伝わったのだろう。伊藤くんではなかったのは間違いない。相手がだれでもかまわない。これはだれに言ったのでもない、自分に言ったのだ。『ハーモニー』のラストで救われなかった自分の気持ちに、これで決着がついた。若者たちにも言いたいことは言った。

「忠告はした。あとはきみが考えるがいいさ。ぼくはぼくの仕事をする。もう邪魔をしないでくれ」

ぼくはもう少しの間、言葉使い師でいたいのだ。

アロー・アゲイン

SF小説家 飛 浩隆

「神林長平のSFについて（伊藤計劃にも触れつつ）エッセイふうに書いてほしい」という依頼を受けて、これを書いている。かなり変則的な注文といってよいだろう。引き受けておいてこんなことを言うのもなんだが、きっとひどくとりとめない文になってしまうだろうと思う。また本稿は、本書を読了された方のために書く。以上、あらかじめお断りしておきます。

伊藤計劃が亡くなったのは二〇〇九年の三月で、それ以降、私が彼の死について公表した文章はSFマガジンの伊藤計劃追悼特集に寄せた短文だけである。追悼をと言われて、私にその資格があるだろうかと躊躇《ためら》ったが、伊藤が自作について語った言葉を記憶していたので、それを彼の読者に伝言する役目があると思い直した。

そこでも書いたのだが、伊藤は「ぼくの小説はみんな、冒頭に結末が現れているんですよ」という意味の言葉を私に語ったことがある。言われてみれば（その時点でまだ書かれていなかった『ハーモニー』も含め）伊藤の作品の大半にこれがあてはまると気づく。たとえば『虐殺器官』。この作品では、冒頭の光景——「ぼく」の夢に着床した地獄が、ある経過を経て、いかにも日常的な光景として脳の外に実体化する。「冒頭に結末が現れている」、伊藤自身がそのことをどう思っているのかは訊かずじまいだった。本当のところ、伊藤はどう思っていたのだろう。冒頭で提示した呪いのなかに、作品世界がなすすべもなく崩れ呑み込まれてゆくのを見ながら、伊藤は——呪いをかけた張本人はなにを思っていただろう。

『虐殺器官』と『ハーモニー』はゆるがぬ結構を誇る。作品世界の成り立ちからも、切迫した語りの帰結としてもあれらの結末は必然なのだが、それでもなお——いや、だからこそ、私の頭にはひとつの問いが残る。

小説家の仕事とは、完璧に作動する呪いを作ることなのか。

それがすべてなのか。

追悼号の短文で私は（場もわきまえず）そういう意味のことを書いた。「私の魂に安らぎあれ」と自作に書きつけた伊藤に、この問いが意味をなさないことは承知の上で。

ふたたび問う。小説家の仕事とは、完璧に作動する呪いを作ることなのか。

この問いに「否」とこたえる資格のあるSF作家がただひとりいるとすれば、それは神林長平をおいてない。

〈戦闘妖精・雪風〉を見よ。はじめ、雪風の使命はふたつであった。記述すること。そして生還すること。それこそが雪風の戦闘であり、生存であり、その往還の中にのみ雪風は実在する。神林自身もまたそうである。小説を書くこととサバイバルすることとが同義であるような地点でかれは書きはじめ、書き継ぎ、しぶとく書き続けて、とうとう『アンブロークン アロー　戦闘妖精・雪風』に到達した。いかなる呪いも雪風を壊すことはできない《アンブロークン》との確信が得られる場所に。そしてそれすらただの通過点としてなおも前進している。

さて、本書に収められた「いま集合的無意識を、」をひもとくと、そこにはひとりの小説家が「伊藤計劃を名乗る文字列」と対峙するさまが描かれている。この小説家はどうみても作者本人であり、その作家は伊藤計劃の『ハーモニー』に痛烈な一撃をあびせて、しかもそれが本書の表題作となっているのだ。これはどういうことだろうとしばし考えてみると、やはり神林が『虐殺器官』ではなく『ハーモニー』に強く反応していることが重要なのだろうと思えてくる。なぜか？

実は私は、『ハーモニー』の刊行直後にこんな文章を書きかけたことがある。

かつて文学は、リッチなスタンドアロンたる「人間」を描くものだった。しかし伊藤計劃の『ハーモニー』以後、この見解は少なからず修正を迫られるだろう。この作品で、演算能力とアプリケーションとストレージの大半をクラウドに明け渡した「シン・クライアントとしてのヒト」が描かれてしまったからには。

ヒトが、ネットワークのクライアントであることに価値をみとめられ尊ばれる世界。この高度保健福祉社会の様相は、奇妙なくらい企業内LANに似ている。ヒトはリソースとして尊ばれ、堅固なセキュリティに——文字どおりの〈アンチ・ウィルス〉に——浴している。そうしてある日チキンなシステム管理者が、へぼいセキュリティ・アップデートを全端末に一斉にかける——ひとまずこれはその経緯を記した小説として読むことができる。経緯を記した人物、霧慧トァンの一人称をかりて「シン・クライアントとしてのヒト」——いやさ、「ブラウザとしてのヒト」の内部で何が生起するのかを、克明に描き抜いた小説として読むことができる……

けっきょく完成しなかった文章をここに引っぱり出したのは「ぼくの、マシン」を読んだからであり、『アンブロークン アロー』を読んだからである。神林はそこで、スタンドアロンたるべきコンピュータが「端末」に変わってしまうことに抗議している。「あなたらしいな」とつぶやきかけて、「ぼくの、マシン」が二〇〇二年発表と気づけば、その先見性に戦慄することになる。

『ハーモニー』でしめされた純白のディストピアが「ヒトがブラウザとなる」ことの上に成りたつとすると、神林はその萌芽を伊藤のはるか前に指摘していたわけだ。伊藤はみずからの生命と引き換えにこの指摘を巨大で静謐な呪いに育て上げた。そうして今度は神林がこの難問に――「体外に出た意識野」をめぐる問題に直面するのである。

「伊藤計劃を名乗る文字列」が浮かびあがる場面は、この流れで見返したときわめて象徴的な色合いを帯びる。〈さえずり〉を表示するコンピュータはまさにブラウザの画面であり、そこでは多くの（「かくも無数の」）声があまりにも高速でスクロールされるため画面は真っ白になっている。この純白の――静謐なようで実は無数の発言や悲鳴がたえまなく生起しては消滅する――面の上で、ふたりのタイプする文字が互いを上書きしあっていく。

神林にとって、ものを書くことがこれすべてサバイブであり闘争である以上、この文字列の応酬もまた、これまでのどの作品にもひけをとらない戦闘シーンのひとつとして見るべきだろう。それにしてもこの小品で神林長平が言葉をつくし、ねばりづよく波状攻撃を掛けていく密度ときたらどうだ。寄せては返す言葉の中には思索の切っ先がいくつも仕込まれており、真っ白だったはずの画面にはいつしか戦場の地図が切りひらかれ、何か風景のようなものさえうっすら見えてくる。

私にとって神林長平の最大の魅力とは、言語への執着でも機械への偏愛でもなくて、常人には思いもつかぬ奇怪なルール（「これでお話しが書けるのか」と言いたい場合さえある）に支配された世界において、呆れるほかない力技で何事かをめきめきと立ち上がらせてゆくそのふてぶてしさなのだが、ここでも神林はみごとに生還してみせる――伊藤計劃の〈呪い〉との戦いから。

ここで、『アンブロークン アロー』を読み返してみよう。というのも「いま集合的無意識を、」で頻出する〈リアル〉の語が、あそこでも多用されているからだ。そこで〈リアル世界〉は、次のように説明される。

いまいる場とは――人間が体の感覚器で捉えて認識している世界の、そのもとになっているリアルな世界の、そこに一歩近づいたところだ――（略）全くのリアルな世界では、物事すべてが同時に生成消滅しているのだろう、時間は意味を持たない。物体も、形というものもない、あるのは、莫大で超巨大なエネルギーというような概念で表現するしかない〈可能性〉のみだろう、（略）それが、世界の真の姿だ。（略）〈世界の真の姿〉をした〈リアル世界〉は、まったくの無意味なままに、変わることなく、ただそこに在るだけだ。（ハヤカワ文庫JA版二二六～二二七ページ）

この認識――「いま集合的無意識を、」でも変わらぬこの認識こそ神林長平が三十年以上にわたる戦いで獲得した、作家的身体感覚だといえる。神林にとって小説を書くとは、この領域に果敢に身を投じそこにあらたな風景をこしらえて還ってくること、「記述」の束を持ち帰ってくることなのだ（たった今われわれが、本書の表題作で目撃したとおり）。この〈本心〉が揺るがぬかぎり、決して神林長平は〈呪い〉に拉《ひし》がれない。だから彼は「伊藤計劃」にこう告別する。「もう大丈夫だ」、と。

みたび問おう。小説家の仕事とは、完璧に作動する呪いを作ることなのか、と。

伊藤計劃がA4二枚に遺したという『屍者の帝国』のプロットを私はまだ見たことがなく、そこに結末が明示してあったかどうかも知らない。伊藤はあの話をどこへ向かわせるつもりだったのだろう。あそこで伊藤が選んだ語り手は、世界を宰領しない位置に踏みとどまることができる。ならば「冒頭の場面」に墜落しない道もあるのではないか――伊藤さんはまさにその道を探していたのではないか……。

ねえ神林さん、どう思います？　かりにそう尋ねてみたとしたら、どんな返事がかえってくるだろう。

本書の中にその答えは書いてない。しかし――

「ぼくの、マシン」が『ゼロ年代日本SFベスト集成』（創元SF文庫）に収録されたとき、神林はコメントをこうしめくくった。

世界で唯一生き残っていたパーソナルなコンピュータの最期《さいご》――（略）いま我々は、たしかに〈その後〉の世界を生きている気がする。

三月がまたやってくる。伊藤計劃が死んだ三月、震災の三月が。
〈その後〉に立ちつくす私に、神林長平が再度放った矢がここにある。

機械の時代、ネットワークの時代

文芸批評家
福嶋亮大

本書『いま集合的無意識を、』は、神林長平が主に二〇〇〇年代以降に発表した六篇の小説を収めている。まず初出を示しておこう。

「ぼくの、マシン」『戦闘妖精・雪風解析マニュアル』二〇〇二年
「切り落とし」〈小説工房増刊号〉一九九六年
「ウィスカー」〈SFJapan〉Millennium:00 二〇〇〇年
「自・我・像」〈SFJapan〉二〇〇七年冬季号
「かくも無数の悲鳴」『NOVA2』二〇一〇年
「いま集合的無意識を、」〈SFマガジン〉二〇一一年八月号

テーマ的にも、サイバースペースを舞台にしたミステリ風味の作品あり（「切り落とし」）、集合的記憶から生じる〈自我〉の物語あり（「自・我・像」）、量子論的世界で繰り広げられるサバイバルゲームあり（「かくも無数の悲鳴」）、ネットとフィクション、意識についての考察あり（「いま集合的無意識を、」）という具合に、読み手の興味を大いにそそる素材が並んでいる。二〇〇九年にデビュー三〇周年を迎えたベテラン作家・神林長平が、このおよそ一〇年のあいだに辿った道のりを読み解く上で、本書は格好の案内役となることだろう。

以下、この解説では（蛇足となり得る危険を承知しつつも）、内容豊かな本書を理解する一助として、私なりに何本か補助線を引いておきたいと思う。

＊

神林作品のテーマは多岐にわたるが、そのなかでもコミュニケーションの問題はひときわ重要である。もっとも、神林が描くのは、血肉の通った自然で人間的なコミュニケーションとは明らかに違っている。たとえば、神林の代表作である〈戦闘妖精・雪風〉シリーズ——本書巻頭の「ぼくの、マシン」もそこに属する——は、雪風という機械（戦闘機）とそのパイロット深井零を中心としながら謎の敵であるジャムとの戦闘を描く、骨太のSFであった。そこでは、零は人間どうしのコミュニケーションから疎外された感覚を持つがゆえに、かえってモノとモノ、あるいは人間とモノのコミュニケーションや相互作用に対して敏感な感受性を示す。現に、第二部の『グッドラック』（一九九九年）では、人間と機械の融合した「新種の複合生命体」のイメージが零の同僚によって語り出されるのだ。

こうしたテーマは、コミュニケーションの舞台である身体の問題にも繋がる。考えてみれば、私たちの抱く身体イメージは、二〇世紀を通じて大きな変容を経験してきた。そして、その変容は往々にして、SFのようなサブカルチャーに近いジャンルでこそ先鋭に推し進められている。たとえば、悲しいときには泣き、嬉しいときには笑うという自然な身体的感情の延長線上で世界を捉える代わりに、二〇世紀後半以降のサブカルチャーはそうした自然な感情を一度断ち切った人工の身体（＝モノのような身体）を作品に導き入れた。SF的想像力はもはや一部のSF作家の占有物ではなく、ハリウッド映画や日本のアニメをはじめサブカルチャー全域に広がっているが、このことは私たちの関心が人間的なものと非人間的なもののあいだに向かっていることの一つの世俗的な現れだと言えるだろう。SFという娯楽は、その「あいだ」の領域でいかなるコミュニケーションが生じるのかを思弁する実験文学でもあった。

あるいはハイカルチャーに目を転じてみても、近年の哲学者、たとえばブルーノ・ラトゥールやグレアム・ハーマンらは、自然にできあがったとも、社会的（人為的）に構築されたとも一意的には決めがたい、自然と社会の中間に位置する「準モノ（quasi object）」

に注目するようになった。いわば「生まれ」（自然）と「育ち」（社会）が複雑に絡みあった存在としての「モノ」を哲学の対象にするために、モノや道具の存在論、すなわち「オブジェクト指向の哲学」（ハーマン）がようやく構想され始めている。だが、この種の哲学的観点は、実はとうの昔にSF作家たち——海外で言えばとりわけディックやバラード——によって、先鋭かつ魅力的に示されていたと言わねばならない。

神林もまた、機械（モノ）と人間の繊細な関係をさまざまな角度から問い続けてきた作家である。SFというジャンルにオタク的に淫するよりは、SFをあくまで道具としてクールに扱いながら、自然主義文学ではつかみきれない世界や人間の関係を新たに輪郭づけようとすること、そこに神林の真骨頂があると言っても過言ではない。表題作「いま集合的無意識を、」におけるフィクション論も、おそらくはそうした作家としての道程の延長線上において読まれるべきだろう。世界と人間のあいだにひしめく、純粋の自然物とも人工物とも言えない蠱惑的なモノたちは、他ならぬ（SF的な）フィクションによってこそ正確に象《かたど》られる。深井零を、そしてまた読者を魅了する「雪風」という機械は、まさしくそうしたフィクションそのものではなかったか。

だが、ポイントはそれだけではない。特に本書においては、機械と人間のコミュニケーションというテーマ以上に、集団的な無意識（われわれ）と個人的な意識（わたし）の衝突というテーマが目立っていることが見逃せないだろう。このテーマもまた、神林の読者には馴染み深いものである。しかし、本書におけるこのテーマの取り扱いには、どこかこれまでの作品とは異質のものも感じられる。

繰り返せば、神林の作品には、機械と人間あるいは「コンピュータと人間」という主旋律がある。神林はそのモチーフを、とりわけ雪風と零の関係に即しながら何度も描き直してきた。しかし、本書に忍び込んでいるのは「ネットと人間」という別のテーマである。そして、神林にとって、コンピュータは愛すべき機械として捉えられても、ネットはどうやらそうではない。「ぼくの、マシン」で描かれた、機械との「パーソナル」で親密な関係は、「われわれ」によって構成されるソーシャルなネット──「巨大な汚物溜《だ》めのようなもの」（三六頁）と形容される──とのあいだではおそらく成立しないのだ。

考えてみれば、かつてのコンピュータは、社会の進化と人間の進化をともに実現する魔法の機械としての夢が託され、多くのＳＦがその夢を加速させた。それに対して、今日《こんにち》のネットは必ずしも明るい進化の夢を見させてくれるものではない。確かにネットのサービスそのものは、日々たえまなく生成変化していくだろう。しかし、仮にそこに「いかなる飽満をも、いかなる倦怠をも、いかなる疲労をも知らない生成」（ニーチェ）らしきものが垣間見られるのだとしても、人間の側が疲労しないことはあり得ない。現に、若い世代でさえしばしば「ソーシャル疲れ」に陥りがちであることを思えば、ネット（ソーシャルメディア）がもたらした情報とコミュニケーションの速度は、人間の身体にはいささか付き合いづらいリズム、五感をときに無為に疲労させるリズムを生み出したと言わねばならない。いずれにせよ、過去の情報技術が夢見たものの大きさに比べての不発感、要は現実のショボさは、日本のネットにたえずつきまとっている。

そう考えると、本書が死者であるSF作家・伊藤計劃への言及で締めくくられているのは、意味深長である。神林はそこで、伊藤の遺した『虐殺器官』や『ハーモニー』に触れながら、東日本大震災後に生きる作家たちにメッセージを送っている。その長大なメッセージについて読者はさまざまな〈読み〉をすることができるだろうから、ここで私が無粋な解釈をするのは差し控えよう。ただ、ネットの隆盛が「人類世界の終焉」（二二〇頁）に繋がりかねないという作家の語るヴィジョンがきわめて悲観的であること、そして神林自身はソーシャルなネットワーク世界に溶け込むよりもむしろ死者とのパ、ー、ソ、ナ、ルな対話を選んでいることとは、ここに書き留めておきたいと思う。

ソーシャルなもの・集団的なものがパーソナルなものを脅かし、疲労が人間の進化を脅かすネットワーク社会。そこでは「世界と人間のあいだのモノ」のイメージもまた、幸か不幸か、静態的・自律的な機械（コンピュータ）から、動態的・群体的なネットワークに着実に置き換えられていく。「かくも無数の悲鳴」における「だんだん逃げるところが、安全な場が、なくなっていく。生きる場が歳をとるにしたがって狭くなっていくのだ」

（一五六頁）という記述は、図らずも本書に漂う「気分」そのものを言い当てているように感じられなくもない。だが、そのどこか陰鬱な気分にもかかわらず、神林はモノのイメージが変化する時代にむしろ進んで挑戦し、そこにうねうねと蠢く「不定形の、なにか」（一四四頁）を摑みだそうとするだろう。そのとき、機械の時代のアイコンであった雪風には、いったいどういう変化が訪れるだろうか。

かつてニーチェは、意識を高度に発達させた人間の言語はたんなる伝達ツールであることを超えて、コミュニケーションの肥大化を招き寄せる――つまりはソーシャルな領域に偏っていく――一方で、「比類なく個人的、唯一的、あくまで個性的」なものについては言語はますます貧困化すると考えた。要するに、言語は社会的にはあまりにも多すぎるし、逆に個人的にはまったく貧しいのだ。ニーチェの時代から百年以上が経過した今日、「パーソナル」な言葉の領分は再びネットによって切り詰められた。コンピュータの時代からネットワークの時代への移行は、おそらく少なくない作家たちに強いストレスと混乱を、あるいは未知なるものに付き物のぼんやりとした希望を与えるに違いない。機械とネット、パーソナルなものとソーシャルなもの、自我と集団のあいだを往来する本書には、まさにその過渡期の緊張が刻み込まれている。

神林長平　著作リスト（JA＝ハヤカワ文庫JA／＊は連作形式の作品）

『狐と踊れ』JA（八一年）〔短篇集〕→『狐と踊れ〔新版〕』JA（一〇年／収録作の再編集版）
『あなたの魂に安らぎあれ』早川書房（八三年）→JA（八六年）
『七胴落とし』JA（八三年）
『言葉使い師』JA（八三年）〔短篇集〕表題作で星雲賞受賞
『敵は海賊・海賊版』JA（八三年）星雲賞受賞
『戦闘妖精・雪風』JA（八四年）＊　星雲賞受賞。最終話も単独で同賞受賞→『戦闘妖精・雪風〈改〉』JA（〇二年／加筆訂正）
『太陽の汗』光文社文庫（八五年）→JA（九〇年）
『プリズム』JA（八六年）＊　星雲賞受賞
『宇宙探査機　迷惑一番』光文社文庫（八六年）→JA（〇二年）
『今宵、銀河を杯にして』徳間書店（八七年）→JA（九五年）＊

『蒼いくちづけ』光文社文庫（八七年）↓ＪＡ（〇二年）
『時間蝕』ＪＡ（八七年）［短篇集］↓『鏡像の敵』ＪＡ（〇五年／収録作を再編集し改題）
『機械たちの時間』トクマ・ノベルズ・ミオ（八七年）↓ＪＡ（九五年）
『敵は海賊・猫たちの饗宴』ＪＡ（八八年）
『ルナティカン』光文社文庫（八八年）↓ＪＡ（〇三年）
『過負荷《カフカ》都市』トクマ・ノベルズ（八八年）↓ＪＡ（九六年）＊
『Ｕの世界』徳間書店（八九年）↓ＪＡ（九六年）＊
『帝王の殻』中央公論社（九〇年）↓ＪＡ（九五年）
『親切がいっぱい』光文社文庫（九〇年）↓ＪＡ（〇三年）
『完璧な涙』ＪＡ（九〇年）＊
『我語りて世界あり』徳間書店（九〇年）↓ＪＡ（九六年）＊
『敵は海賊・海賊たちの憂鬱』ＪＡ（九一年）
『死して咲く花、実のある夢』徳間書店（九二年）↓ＪＡ（九六年）
『猶予《いざよい》の月』早川書房（九二年）↓ＪＡ（九六年／二分冊）
『天国にそっくりな星』光文社文庫（九三年）↓ＪＡ（〇四年）
『敵は海賊・不敵な休暇』ＪＡ（九三年）

『言壺《ことつぼ》』中央公論社（九四年）↓中公文庫（〇〇年）↓JA（一一年）＊　日本SF大賞受賞
『敵は海賊・海賊課の一日』JA（九五年）
『魂の駆動体』波書房（九五年）↓JA（〇〇年）
『ライトジーンの遺産』朝日ソノラマ（九七年）↓ソノラマ文庫NEXT（九九年／二分冊）↓ソノラマ文庫（〇三年）↓JA（〇八年）＊
『敵は海賊・A級の敵』JA（九七年）星雲賞受賞
『グッドラック　戦闘妖精・雪風』早川書房（九九年）↓JA（〇一年）＊　星雲賞受賞
『永久帰還装置』朝日ソノラマ（〇一年）↓ソノラマ文庫（〇二年）↓JA（〇八年）
『ラーゼフォン　時間調律師』徳間デュアル文庫（〇二年）原作／BONES・出渕裕
『YUKIKAZE　I戦闘妖精』早川書房（〇三年／多田由美による『戦闘妖精・雪風〈改〉』のコミック化）
『小指の先の天使』早川書房（〇三年）↓JA（〇六年）＊
『麦撃機の飛ぶ空』ヒヨコ舎（〇四年）［短篇集］
『膚《はだえ》の下』早川書房（〇四年）↓JA（〇七年／二分冊）
『敵は海賊・正義の眼』JA（〇七年）
『アンブロークン　アロー　戦闘妖精・雪風』早川書房（〇九年）↓JA（一一年）＊

『敵は海賊・短篇版』JA（〇九年）＊
『完璧な涙 1』早川書房（一一年／東城和実によるコミック化）
『いま集合的無意識を、』JA（一二年）［短篇集］
『完璧な涙 2』早川書房（一二年／東城和実によるコミック化）
『ぼくらは都市を愛していた』朝日新聞出版（一二年）
『敵は海賊・海賊の敵』JA（一三年）

※『ライトジーンの遺産』ソノラマ文庫（〇三年）収録の
山岸真氏による著作リストを参考にさせていただきました。

神林長平作品

あなたの魂に安らぎあれ
火星を支配するアンドロイド社会で囁かれる終末予言とは!? 記念すべきデビュー長篇。

帝王の殻
携帯型人工脳の集中管理により火星の帝王が誕生する――『あなたの魂〜』に続く第二作

膚《はだえ》の下 上下
無垢なる創造主の魂の遍歴。『あなたの魂に安らぎあれ』『帝王の殻』に続く三部作完結

戦闘妖精・雪風〈改〉
未知の異星体に対峙する電子偵察機〈雪風〉と、深井零の孤独な戦い――シリーズ第一作

グッドラック 戦闘妖精・雪風
生還を果たした深井零と新型機〈雪風〉は、さらに苛酷な戦闘領域へ――シリーズ第二作

神林長平作品

狐と踊れ〔新版〕

未来社会の奇妙な人間模様を描いたＳＦコンテスト入選作ほか九篇を収録する第一作品集

言葉使い師

言語活動が禁止された無言世界を描く表題作ほか、神林ＳＦの原点ともいえる六篇を収録

七胴落とし

大人になることはテレパシーの喪失を意味した——子供たちの焦燥と不安を描く青春ＳＦ

プリズム

社会のすべてを管理する浮遊都市制御体に認識されない少年が一人だけいた。連作短篇集

完璧な涙

感情のない少年と非情なる殺戮機械との時空を超えた戦い。その果てに待ち受けるのは？

神林長平作品

太陽の汗

熱帯ペルーのジャングルの中で、現実と非現実のはざまに落ちこむ男が見たものは……。

今宵、銀河を杯にして

飲み助コンビが展開する抱腹絶倒の戦闘回避作戦を描く、ユニークきわまりない戦争SF

機械たちの時間

本当のおれは未来の火星で無機生命体と戦う兵士のはずだったが……異色ハードボイルド

我語りて世界あり

すべてが無個性化された世界で、正体不明の「わたし」は三人の少年少女に接触する——

過負荷《カフカ》都市

過負荷状態に陥った都市中枢体が少年に与えた指令は、現実を〝創壊〟することだった!?

ハヤカワ文庫

神林長平作品

猶予の月 上下

姉弟は、事象制御装置で自分たちの恋を正当化できる世界のシミュレーションを開始した

Uの世界

「真身を取りもどせ」——そう祖父から告げられた優子は、夢と現実の連鎖のなかへ……

死して咲く花、実のある夢

本隊とはぐれた三人の情報軍兵士が猫を求めて彷徨うのは、生者の世界か死者の世界か？

魂の駆動体

老人が余生を賭けたクルマの設計図が遠未来の人類遺跡から発掘された——著者の新境地

鏡像の敵

SF的アイデアと深い思索が完璧に融合しあった、シャープで高水準な初期傑作短篇集。

神林長平作品

宇宙探査機 迷惑一番

地球連邦宇宙軍・雷獣小隊が遭遇した謎の物体は、次元を超えた大騒動の始まりだった。

蒼いくちづけ

卑劣な計略で命を絶たれたテレパスの少女。その残存思念が、月面都市にもたらした災厄

ルナティカン

アンドロイドに育てられた少年の出生には、月面都市の構造に関わる秘密があった——。

親切がいっぱい

ボランティア斡旋業の良子、突然降ってきた宇宙人〝マロくん〟たちの不思議な〝日常〟

天国にそっくりな星

惑星ヴァルボスに移住した私立探偵のおれは宗教団体がらみの事件で世界の真実を知る⁉

神林長平作品

敵は海賊・海賊版

海賊課刑事ラテルとアプロが伝説の宇宙海賊匈冥に挑む！　傑作スペースオペラ第一作。

敵は海賊・猫たちの饗宴

海賊課をクビになったラテルらは、再就職先で仮想現実を現実化する装置に巻き込まれる

敵は海賊・海賊たちの憂鬱

ある政治家の護衛を担当したラテルらであったが、その背後には人知を超えた存在が……

敵は海賊・不敵な休暇

チーフ代理にされたラテルらをしりめに、人間の意識をあやつる特殊捜査官が匈冥に迫る

敵は海賊・海賊課の一日

アプロの六六六回目の誕生日に、不可思議な出来事が次々と……彼は時間を操作できる!?

ハヤカワ文庫

神林長平作品

敵は海賊・A級の敵

宇宙キャラバン消滅事件を追うラテルチームの前に、野生化したコンピュータが現われる

敵は海賊・正義の眼

純粋観念としての正義により海賊を抹殺する男が、海賊課の存在意義を揺るがせていく。

敵は海賊・短篇版

海賊版でない本家「敵は海賊」から、雪風との競演「被書空間」まで、4篇収録の短篇集。

永久帰還装置

火星で目覚めた永久追跡刑事は、世界の破壊と創造をくり返す犯罪者を追っていたが……

ライトジーンの遺産

巨大人工臓器メーカーが残した人造人間、菊月虹が臓器犯罪に挑む、ハードボイルドSF

日本ＳＦ大賞受賞作

上弦の月を喰べる獅子 上下
夢枕 獏

ベストセラー作家が仏教の宇宙観をもとに進化と宇宙の謎を解き明かした空前絶後の物語。

傀《く》儡《ぐつ》后《こう》
牧野 修

ドラッグや奇病がもたらす意識と世界の変容を醜悪かつ美麗に描いたゴシックＳＦ大作。

マルドゥック・スクランブル〔完全版〕（全３巻）
冲方 丁

自らの存在証明を賭けて、少女バロットとネズミ型万能兵器ウフコックの闘いが始まる！

象《かたど》られた力
飛 浩隆

Ｔ・チャンの論理とＧ・イーガンの衝撃――表題作ほか完全改稿の初期作を収めた傑作集

ハーモニー
伊藤計劃

急逝した『虐殺器官』の著者によるユートピアの臨界点を活写した最後のオリジナル作品

野尻抱介作品

太陽の簒《さん》奪《だつ》者《しゃ》

太陽をとりまくリングは人類滅亡の予兆か？星雲賞を受賞した新世紀ハードSFの金字塔

沈黙のフライバイ

名作『太陽の簒奪者』の原点ともいえる表題作ほか、野尻宇宙SFの真髄五篇を収録する

南極点のピアピア動画

「ニコニコ動画」と「初音ミク」と宇宙開発の清く正しい未来を描く星雲賞受賞の傑作。

ヴェイスの盲点

ロイド、マージ、メイ――宇宙の運び屋ミリガン運送の活躍を描く、〈クレギオン〉開幕

フェイダーリンクの鯨

太陽化計画が進行するガス惑星。ロイドらはそのリング上で定住者のコロニーに遭遇する

ハヤカワ文庫

野尻抱介作品

アンクスの海賊
無数の彗星が飛び交うアンクス星系を訪れたミリガン運送の三人に、宇宙海賊の罠が迫る

サリバン家のお引越し
メイの現場責任者としての初仕事は、とある三人家族のコロニーへの引越しだったが……

タリファの子守歌
ミリガン運送が向かった辺境の惑星タリファには、マージの追憶を揺らす人物がいた……

アフナスの貴石
ロイドが失踪した！　途方に暮れるマージとメイに残された手がかりは〝生きた宝石〟？

ベクフットの虜
危険な業務が続くメイを両親が訪ねてくる!?
しかも次の目的地は戒厳令下の惑星だった!!

著者略歴　1953年生，長岡工業高等専門学校卒，作家　著書『戦闘妖精・雪風〈改〉』『猶予の月』『敵は海賊・海賊版』（以上早川書房刊）他多数

HM=Hayakawa Mystery
SF=Science Fiction
JA=Japanese Author
NV=Novel
NF=Nonfiction
FT=Fantasy

いま集合的《しゆうごうてき》無《む》意《い》識《しき》を、

〈JA1061〉

二〇一二年三月十五日　発行
二〇一三年十一月二十五日　四刷
（定価はカバーに表示してあります）

著者　神《かん》林《ばやし》長《ちょう》平《へい》
発行者　早川　浩
印刷者　入澤誠一郎
発行所　株式会社　早川書房
郵便番号　一〇一－〇〇四六
東京都千代田区神田多町二ノ二
電話　〇三－三二五二－三一一一（大代表）
振替　〇〇一六〇－三－四七七九九
http://www.hayakawa-online.co.jp

乱丁・落丁本は小社制作部宛お送り下さい。
送料小社負担にてお取りかえいたします。

印刷・星野精版印刷株式会社　製本・株式会社川島製本所

ISBN978-4-15-031061-5 C0193

本書は活字が大きく読みやすい〈トールサイズ〉です。